じん（自然の敵P）
Story:Jin Illustration:Sidu
插畫：しづ

KAGEROU DAZE 陽炎眩亂

8

-summer time reload-

Kadokawa Fantastic Novels

CONTENTS

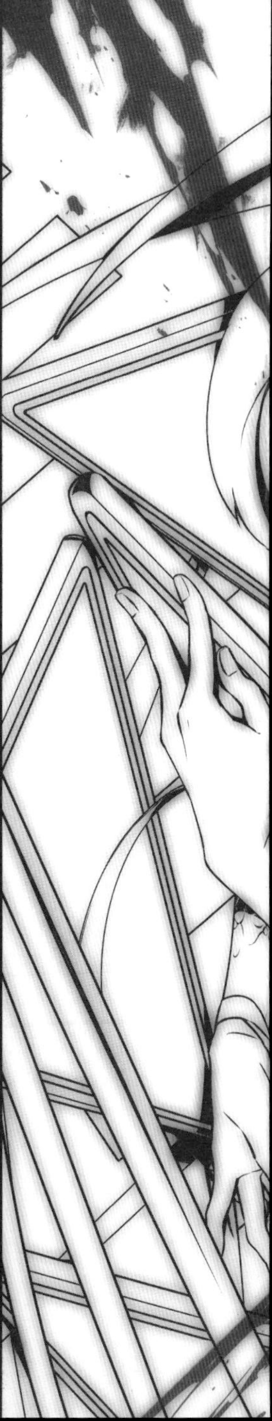

Crying Prologue

……我曾經一直憧憬著。

就像是給了我愛情的父母、在街上擦身而過的不知名路人，還有意想不到相遇的朋友們那般，他們將「憧憬」根植在我的心底。

比方說把在黑暗之中，為孤獨所苦惱的少女帶到光明之下那樣。

比方說在街道一角，將笑容帶給深受不合常理所折磨的少年那樣。

比方說在不足為奇的故事之中，引領即將被絕望擊垮的同伴們走向希望那樣。

沒錯，我曾想成為那種理想的存在。

我曾想改變只會隱忍暴力的自己、無法守住歸宿的自己、只會懼怕人類本性的自己。

是的，曾經是的。

明明曾經應該是那樣。

「憧憬」是一種詛咒。

祈求「理想的模樣」的情感，曾幾何時變成「該有的模樣」那般的焦躁感，曾幾何時我們就如同怪物一般，瞧不起無法達成「憧憬」的自己。

然後不去正視看起來醜陋的自己、嫉妒他人、陷入無底的黑暗之中……換句話說，就是這樣的詛咒。

而所謂真正的「怪物」，就在那種黑暗底下。

不愛任何人，也得不到任何人的愛，只是一味祈求他人的不幸以及能夠保全自己的存在……那樣的怪物所製造出的就是「憧憬」。

一邊向理想伸出手，一邊被逐漸拖向與理想相反方向的怪物們的「聲音」，我至今仍舊一直能聽見。

「不能變成那樣，我的話一定能——」

在心底不斷思考著那種事活下去。

在披著人皮的烏黑怪物們的巢穴中，我只是一味地、拚命地伸手……

於是乎，直到伸出的手觸碰到「憧憬」為止，我一直都沒察覺到。

我已經找到了應當保護的事物。

即使是弱小的自己也擁有力量。

也有許多認為我不可或缺的同伴們。

但是，唯獨不能逃走的「勇氣」，我無論如何都找不著。

沒錯，既然得不到的話，那樣子就好。

在得到了「憧憬」的前方等候著的，是失去它的「絕望」與深不見底的「空虛」。

畏懼必須守護之事物的脆弱，受到名為同伴這種重負折磨的每一天。

「憧憬」是詛咒嗎？
「幸福」是毒藥嗎？
「願望」是罪過嗎？

拯救不了「她」的我，已經無法理解了。
變成了怪物的我，已經無法——

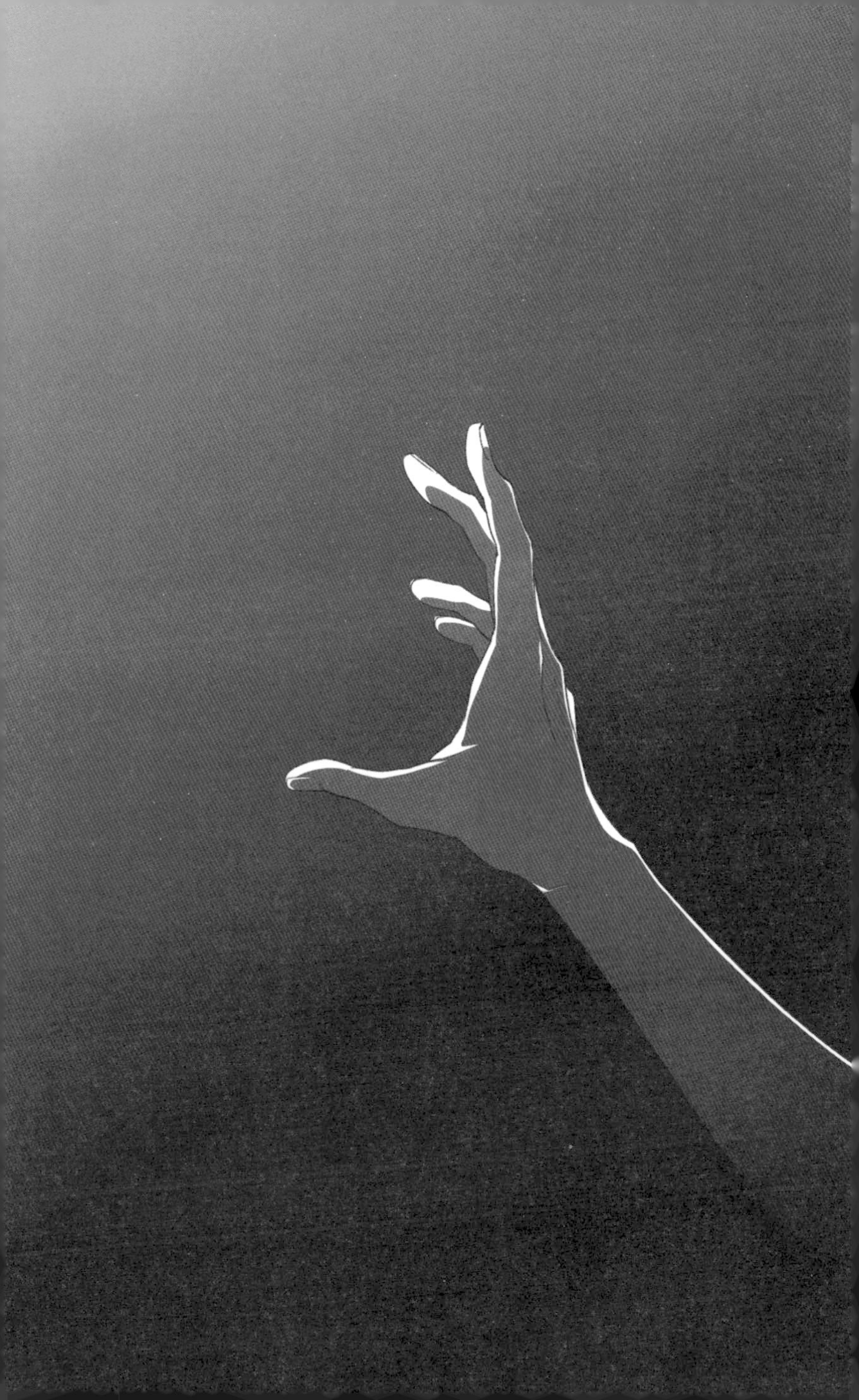

Summer Time Record -side No.8-

「要是能遮住眼睛的話——」

我的腦海中浮現出那種愚蠢的想法，我只是愣愣地望著「凝聚」的視野中所捕捉到的悽慘情景。

直到不久前的上午都還在隨口開玩笑的那個人，從喉嚨噴出血沫整個人倒下的模樣。

直到剛才分開都還在關心我瑣碎煩惱的那個人，遭到凶手槍殺死去的模樣。

一系列的動作簡直就像打死進入房間的害蟲一樣完成，那傢伙面目全非的模樣。

我有如在觀賞大銀幕上放映的電影那樣，只能一味發呆。

要是聲音能傳達到，我能喊出那傢伙的名字嗎？

要是我能伸出手，我能痛扁那傢伙的臉嗎？

要是我在那裡的話……

……我明白。自己的事，自己最痛切理解。

我肯定什麼都辦不到。

肯定是這樣，這種「能力」才會選中了我。

Children Record -side No.8-

在解開「凝聚目光」的同時，我知道雙眼流下了一股熱流。
窺視陰沉研究室的視野，像被打回去似的切換成了漆黑的混凝土。
也許是因為投身於不習慣的感覺，直到視野回到我身上為止，我都沒察覺到自己趴著。
明明解除了「能力」，然而剛才所看到那個房間的悲劇，我甚至能感受到那股腥臭味的真實感漸漸充滿我整個腦袋。
忽然之間我無法抗拒湧上的一股噁心感，就這麼一而再地吐出胃裡的東西。
直到幾秒之前，我還為了阻止「明晰」的計謀，使用「能力」凝視著闖進敵方基地的SHINTARO他們。
儘管用的是「目隱團」這胡鬧的名字，但至少都是些對我很好的人。那樣的他們太過殘忍、太過冷酷、太過輕易地遭到蹂躪，像是假人那樣變得一動也不動、倒在地板上。

倒臥在血泊之中，曾經是朋友的肉塊身影，鮮明地在腦中浮現。是過去在「KAGEROU DAZE」裡，無數次被迫看見的「人類之死」。但是縈繞在腦海的僅有回憶，與他們一起生活的記憶中，絕不允許去習慣「死亡」這件事。

絕望的色彩開始染黑內心。猶如要粉碎擺在眼前無可奈何的現實那般，我緊咬牙根。

不可以。不能想。不能被吞噬。

至少現在還不能被這種絕望給吞噬。想辦法堅持下去，找到自己能做的事，是活下去的「我們」的職責。

就這麼不顧一切地在胸中反芻那不成聲的話語之後，我感受到原本好似要爆炸那般躁動的心跳、紊亂的內心，就像熱度冷卻下來一樣漸漸平靜下來。

不是「習慣」，也不是「忘記」，只是在「忍耐」。

現在這樣就好。不能因為眼前的悲傷、後悔而閉上雙眼。

就這樣，急促的呼吸冷卻了遭到胃液灼燒的喉嚨，隨後群眾喧鬧的聲音傳到我的耳邊。

在遠離校舍幾百公尺的位置，這棟廢棄大樓的屋頂上，或許是因為接近天空的緣故，跟在地面上能聽到的聲音截然不同。人類說話的聲音沒辦法傳達到這裡，即使傳達到了，能辨認成言語的也只有少數，大致上只能聽見有人在說話的「那種聲響」。

即使如此，填滿整塊地方的群眾想必正在談論「如月MOMO」吧，這件事從他們聲音的狀態能夠很容易地想像出來。

我重重吐了口氣，接著起身。

像是把背靠著安裝在屋頂邊緣的鐵欄杆那樣坐著，俯瞰地面上的聲音來源。

明明是深夜時分，人們卻像是要塞爆似的，擠滿下方延伸出去的大馬路。擠到車道上的人群，現在甚至完全癱瘓了交通，簡直就像是波濤洶湧的大河一般向著學校形成隊伍。

這是一起無須多言的「重大事件」。與SHINTARO他們闖入一事同時進行的聲東擊西作戰，目的是「聚集民眾的目光」，就這點而言可以說是大成功吧。

「如月ＭＯＭＯ在那裡。」

只是那種程度、而且還是不確定的情報，就有這麼多人動了起來。我並不清楚這是「能力」造成的，又或者是那傢伙自身的什麼特質造成這種結果，但不管就誰來看，這是無論如何都無法算在常識這個字眼範疇之內的事件。

越是脫離常識的事實，越會挑動人類的好奇心。起碼今天這起事件不論就好的意義上或是壞的意義上，今後都會跟著她一輩子吧。就算她不當偶像、解釋了些什麼，這起事件也肯定會烙印在人們的記憶之中。

然而ＭＯＭＯ覺得，不管會背負上什麼樣的罪業都「沒關係」。為了開拓我們自己的未來，她做好了決定，在此時此刻沒有半點猶豫。

說起來打從第一次相遇的時候，那傢伙就一直是這樣。把素不相識的我的事，簡直當成是自己的事情那樣擔心，連一點猶豫都沒有，就說出了「絕對會幫你」那樣的話。

是個濫好人、笨蛋、衝動魯莽、讓人捏把冷汗……卻是比任何人都善良的傢伙。

ＭＯＭＯ就是那樣的人，所以我才能這樣子為了自己而戰。告訴我什麼是「同伴」的人，就是那傢伙。

既然如此，我也該替那傢伙做些什麼吧。

我仰望看不見星星的夜空，把滿天漆黑的前方跟我們自己的未來重疊在一起。

還有剩下其他方法嗎？要是有的話，我辦得到嗎？

「……啊～好累。」

粗魯的呻吟聲。

我雙眼一瞧發現橫躺在我身旁的「榎本貴音」正在一邊跟借來的尺寸不合連帽外套搏鬥，纖細的身體一邊拚命地掙扎想爬起來。

擔任後援的我跟榎本，就「能力」的性質上，本體會變得相當缺乏防備。也因為相似的緣故，我們在距離作戰地點不遠處的這棟廢棄大樓屋頂上，偷偷摸摸地靠在一起。

據說榎本由於「目光覺醒」的「能力」，這兩年以來都處於身體與精神分離的狀態。

「身體與精神分離」什麼的，簡直就像漫畫一般荒誕無稽，但是這幾天以來，我已經完全習慣這種事了。

她的精神體「ＥＮＥ」回到「榎本」的身體，不過是昨天的事……換句話說似乎是兩年之間沒活動過的身體，今天忽然間讓它動起來了。

雖然我無法想像要讓兩年之間沒動過的身體動起來會伴隨著多大的痛苦，但就算只是讓「視野」稍微離開身體的我的「能力」，亂用的時候也會消耗很大。

我那點程度大概沒辦法跟榎本相比。一思及此，便簡直要湧起想說句慰勞她的話那樣子的心情。

「……幹嘛？你看什麼看啊。」

……好可怕。

這個人好可怕。眼神很可怕。

明明是「ＥＮＥ」的時候，該怎麼說，是個很適合「Kyapikyapi（註：形容年輕女孩活潑開朗、沉不住氣的模樣）」這個過時流行詞彙那樣給人活力滿滿印象的人，回到身體之後卻突然像是個工作結束回家的婦女。

這就是爸爸所說過「要注意工作中的表情」那種事嗎？

「呼～我這邊大致結束了……話說你那邊怎樣了？」

跟我用同樣的坐姿坐定，榎本貴音只有雙眼望向我說道。

剛剛平靜下來的心臟，忽然又開始微弱地躍動。

在這次的作戰中「ＥＮＥ」的職責是解除敵方基地的保全系統，使用網路擴散ＭＯＭＯ演唱會的情報，更要使用學校的音響設備輔助ＭＯＭＯ決定實行的「快閃演唱會」等等，工作相當繁雜。

這樣想來，對於衝鋒部隊的狀況……ＳＨＩＮＴＡＲＯ他們現在變成怎樣了，她恐怕還沒有掌握情報吧。

我的職責是擔任衝鋒部隊的後援，還有掌握情況，對在外的成員們做「情況報告」。照這樣的話，我必須告訴榎本貴音，直到剛剛為止看見的「那起悽慘的事件」。

我注意不讓語氣摻入悲壯的色彩，把那件事告訴了她。

「……大事不妙了。」

我直截了當地說完，隨後榎本停頓了一下，輕輕發出略長的嘆息聲。

接著目光飛向遙遠的夜空，平靜地回應道。

「……受傷了？」

榎本藏在那句話中的真正含意，很容易就能領會。

她是在說：「只有受傷就了事了嗎？沒有發生更嚴重的事情嗎？」

我猶豫著該回她什麼話，最後用搖頭來回應。如果可以的話，希望她能從中察覺。ＫＩ

DO自不在話下，但SHINTARO跟「ENE」在一起的時間尤其久，肯定是她重要的朋友。

就算那個朋友的「死亡」是事實，就算她早晚都會知道，要我親口告訴她那件事，實在是難受至極。

但是榎本簡直像在催促我宣布那般，只是注視著夜空默默無語。

這樣的狀況下時間一久，耐不住沉默的我終於說出了那句話。

「……SHINTARO跟KIDO死了。我只有看到那裡為止。」

一片寂靜。地面上的喧鬧顯得遙遠，心跳聲在耳畔響起。

過了好一段時間，榎本用不變的語氣回應我。

「……那傢伙，有好好努力了嗎？」

聽到榎本的話，我不經意回想起ＳＨＩＮＴＡＲＯ的臨終之時。

他肯定不是什麼「強者」。但是直到最後的最後，他連一句怨言也沒說。

真的是個好人，是個命不該絕的人。

我無論如何都會忍不住那樣想。

「有好好努力喔。那個人，即使被人用槍指著也沒有逃跑。」

在說完那句話的同時，我的雙眼滾下了大顆淚珠。

好不甘心，我什麼都做不到。

只能一味地不甘心、悶悶不樂、無可奈何。

「……這樣啊。那傢伙努力過了呢。」

榎本說完之後，無力地笑了笑。

她明明比我還更不甘心、更悲傷、更無可奈何，卻沒有流下眼淚。

我深切地明白那並不是因為「薄情」這個原因。

ＳＨＩＮＴＡＲＯ他們死了，我們還活著。活在世上就代表著還有事必須得做。

即使如此，我們也沒有能轟飛敵人那樣方便的力量。要是胡亂衝過去，結果會連對方的一根手指頭都沒碰到就被殺死。

榎本還有我都非常了解那件事。了解之後，我們不得不戰鬥。

ＭＡＲＩ和ＫＡＮＯ還在那個房間。要是能順利逃出去就好，又或者很困難也不一定。

ＭＯＭＯ在做些什麼呢？我記得計畫是為了隱藏她顯眼的身影，要在某個時間點跟ＫＩＤＯ會合。

可是ＫＩＤＯ已經不在這個世上了。ＳＥＴＯ能順利帶著ＭＯＭＯ逃出去嗎？

開始分崩離析的作戰，不知何時瀰漫了一股濃濃的落敗感。不，這原本就是看不見勝算的作戰。這並不是「那樣的戰鬥」。

但是就連目的都沒能達成，這才是真的糟透了。

既然如此該怎麼辦？接下來我能做些什麼？快想想。我應該如何是好……

「……我說你啊，有玩過遊戲嗎？」

當我的腦袋陷入反覆思索的境地之際，榎本的那句話將我拉回了現實當中。

……遊戲？如果是電視遊樂器的遊戲，當然有玩過。可是在分秒必爭的狀況下，為什麼要問我這種問題？

我想了想卻不明白她提問的真正意義，於是我老實地回答「嗯，一點點吧」。

明明知道了SHINTARO的死，榎本的側臉卻帶著一絲若無其事。她用沒有任何變化的音色開始說起。

「我超級喜歡遊戲。不過原因是在學校交不到什麼朋友……上小學、國中的時候都在狂玩遊戲呢。」

榎本說著說著，雙手比出像是在按壓手把的姿勢給我看。

聽到這裡我還是一知半解。受到著急的心情驅使，為了促使話題進行，我輕輕點頭。

「然後老師還有祖母他們非常生氣。說了『此時此刻一輩子可只有一次啊！居然為了遊戲什麼的脫離現實，真是不像話！』之類的話。」

我不曉得那種講法是來自於老師，又或者是榎本的祖母，但還真是很有古早味的罵法。

在思考那種事情的時候，榎本靦腆地說「啊，剛剛那種講法畢竟還是太誇張了」。由於不知該做什麼反應才好，我只回了聲「喔」。

「但是我一直認為呢～比起只有一次的人生，死了好幾次還能繼續下去的遊戲有趣多了嘛。畢竟想到『只有一次』的話就會怕得無法行動不是嗎？

而且所謂的遊戲，輸越多次、死越多次就會變得更強。要是帶著『不甘心！』的念頭，想著『再來一次！』持續玩下去之後，就會覺得很快樂，也能變得更強。」

話說到這邊，榎本轉頭朝著我，像是裝出來的笑容當中，浮現出藏都藏不住的悲傷神色。

「你跟以前的那傢伙很像呢。因為腦袋莫名好，會想太多關於未來的事而心生鬱悶之類的地方……或該說硬要背負不該背負的東西之類的。」

「那傢伙」指的是……ＳＨＩＮＴＡＲＯ嗎？

突然聽她這麼說我也摸不著頭緒，但對於剛剛的事想著想著就鑽牛角尖這一點，雖然很不甘心，但就跟她說的一樣。

「……如果失敗了再重來一次不就好了。如果不能抱持那樣的心態，就沒辦法前進了喔。而且你看……」

「我們明明死過一次，卻還像這樣活著。」

榎本說出那句話，摸了摸我的頭。

雖然我能喊「別這樣」撥掉她的手，但我想她大概不想讓我看見她的臉吧。在勸說我的同時，她肯定也是在說給自己聽。

即使失敗只要重來一次就好，這種想法實在過於樂天、不顧後果和不負責任。

但是不知為何，卻是句深深觸動內心的話語。

摸了我的頭一陣子後，榎本有點粗魯地鬆開手，稍微伸個懶腰像在低語般說道：

「那麼……那我也去認真揍那傢伙一拳吧～」

榎本就是會這麼說吧——我總覺得自己早就知道了。望著下方的我下定決心重重呼出了一口氣之後，重新面對榎本開口說——

「我也要去。」

當然我打算那樣講……可是在我說出那種話前，眼前的情景令我不知所措。

眼前的暗夜之中出現閃閃發亮的液晶螢幕。往旁邊一看，只見榎本擺著把手機遞向我這邊的姿勢，精疲力竭失去了意識。

也太精明了……早在我這麼想之前，從手機的小小話筒裡頭，便響起極為開朗的聲音。跟剛才為止的那種疲倦音色截然不同，但無庸置疑是剛才勸說我的那個聲音。

『好啦～！所、以、說、呢！不才小女子ＥＮＥ，接下來就要奔赴敵營！暫且別過……嗯、嗯，很寂寞吧？很悲傷吧？那種心情大家不用說我也非～常明白！

但是少年，那是無法實現的戀☆情……！是絕對不能有結果的禁忌果實！現在就先收藏在心中，直到總有一天真愛來臨的那天以前都先收好……沒錯，你在不久之後也會找到很棒的……呀啊啊啊啊！聽我說完！不要丟掉啊！』

當我把從榎本那邊搶來的手機，正要「喝！」的一下扔進夜晚街道的那一刻，我忽然間回過神來。

不行不行，還以為是敵人突如其來的襲擊。不，確實是接近敵人的存在沒錯。肯定是非常接近洗腦電波那一類的那個。

儘管確實是個禍害，但令人悲傷的是這個「ＥＮＥ」也是同伴。雖然一下子很難相信，然而卻是在那裡睡覺的榎本的精神體……的樣子。

我壓下湧起的焦躁感，低頭望向手機，只見當事人ＥＮＥ一臉憤慨地鼓著雙頰。

『真是的！明明我難得想讓你分心脫離低落的情緒，你還真是個不識相的人呢！那樣子不會受歡迎啦！』

這傢伙沒救了！絕對是會在葬禮上笑出來的那種類型。

『那麼接下來我要說正經事了！』

直到剛才為止都不正經嗎？

ＥＮＥ把臉迅速貼近螢幕，可以看見她從寬袖之中伸出了食指。

雖完全看不出認真的模樣，但的確是該認真了，所以我決定聽她說。

『總而言之請你拿著這個手機！然後請你絕～對不要放開！』

絕對不要放開……話說這是ＭＯＭＯ的手機。為什麼是妳來說那種話？

我還沒有時間回嘴，ＥＮＥ馬上開口說：

『然後你要是能度過「今天」……就請你按著下面的按鈕叫「哥哥」。聽懂了嗎？那就是你的任務喔。』

「……啥？」

從對我說話的ＥＮＥ態度中能看出，雖不改胡鬧的態度，但看上去不像在開玩笑。

可是，那是什麼莫名其妙的任務。說到底為什麼現在這傢伙才跟我說那些？如果有事非得我去做，那事前ＳＨＩＮＴＡＲＯ應該就會先託我去做了。

我就這麼聽著ＥＮＥ這些話不知如何是好，接著她輕聲說完「嘿咻」就把腳跟……雖然她沒有腳跟，但她把腳跟轉向我這邊。

接著就這麼背向我，ＥＮＥ最後留下了這樣的話。

『以上是我的請求。接下來則是我個人的感想……果然你們很像呢。「能力」啦、信賴啦，很多方面上……我覺得果然是因為跟自己很像，主人才會選上你。』

「等等……我搞不懂啊！我、我也要去！喂！」

不回應我的呼喚，ENE稍微回頭露出笑容後，就飛向了螢幕的深處。

有一台直升機凌空飛過，在被留下的我頭上發出毫無顧慮的旋翼聲。如果是要報導騷動，來得也未免有點遲了吧。因為MOMO人已經不在那裡了。

變得安靜的手機液晶螢幕上，出現MOMO當成桌布畫面的「目隱團」眾人。雖然大家不怎麼上鏡，但還是很開心似的望著這邊。

然後我重新認知到。

他們大概是我的朋友、是無可取代的人們、是再也無法相見的存在。

不甘心、寂寞，還有強加於身的太過龐大的溫柔，令我獨自一人默默地為之顫抖。

Summer Time Record -side No.6-

「無邊無際的藍。」

要是有人哪天問起我關於這趟旅途的感想，我大概會這樣回答吧。

總覺得在哪裡聽過類似的話，但反正也不會有人問我，就別放在心上了。

說是旅行什麼的，也許會讓人覺得有點太裝模作樣了，果然還是這種講法比較適合。

我失去身體、失去朋友，從只有意識的黑暗之中醒來，過了兩年。

為了逃走，我在電子海中飛來飛去，為了藏身住進那傢伙的家，然後為了挺身面對而身在此處。

回想起來還真的是盡讓人覺得糟糕透頂的人生，但是每一件發生過的事、那些痛苦，對就連身體都失去了的我來說，曾讓我感覺到了「活著」。

當然我無意感謝，不過我大概不討厭自己的人生。

儘管沒有任何一件事順利、害怕又笨拙，我還是持續飛到了這裡，這無疑是屬於「我自己」藍色的青澀冒險譚。

這場戰鬥結束以後，我會把這記錄在常去的網路布告欄上吧。要是被瞧不起說是「胡說八道」，就跟大家一起笑嘻嘻地觀看。

我在藍綠色的世界裡，無聲地向前飛。

不知為何總覺得自己來到了無法回頭的地方，只有這一點我很清楚。

在那樣應該無法回頭的狀況下，我漠然地回想起「往事」。

第一次喜歡上人，卻沒能傳達心意。

本來很討厭的傢伙，實際上是個好人。

自己意外地什麼都辦不到。

以及有群傢伙說那樣的我是同伴。

我必定還會再失去些什麼。

但是在未來我也必定會得到些什麼。

沒錯，對這最糟也是最棒的人生，我絕對不會感到後悔。

不管等待著的是什麼樣的結局。

Children Record -side No.3 (2)-

不管誰死了，都絕對不能哭。但是如果還能再見面，就可以哭。

打從許下這個約定之後，我已經做好各種覺悟了。

但是，對不起。這種事果然還是很難受。

家人在眼前死去，這是第三次。究竟是在哪一顆星球下出生，才會遇上這麼悲慘的狀況啊。我經常聽說「沒有什麼神明」那樣的話語，但要是沒有的話，我應該就不會走上這麼奇怪的人生路了吧。

我不相信沒有神的那類說辭。大概是有個個性格外惡劣的神明，一～直纏著我們不放。開玩笑的。

我已經一次又一次妄想過那種「瑣碎小事」，在每次發生痛苦的事情時，即使神明存在，也不會發生什麼變化。那種事我明白。

只不過「神明」究竟是什麼樣的傢伙，想要見上一面的想法不知為何揮之不去。

……啊，原來如此。

「說不定眼前的『那個』就是神明。」

眼前MARI的身影十分神聖，帶著壓倒性的存在感站在那裡，甚至會令人產生那種想法。

事情發生在不久之前。

儘管談不上面面俱到，但SHINTARO經過臨陣磨槍策劃得優秀過頭的「作戰」，大致上都依照計畫完成了。

使用MARI的力量讓寄宿了「明晰」的爸爸……敵人的動作停止，我們就這樣逮住了那傢伙。直到這邊為止的發展，是就算用完美來形容也可以的好成果。

在那之後，情勢發生了驟變。

出現在昏暗研究室中央的黑影，瞬間殺害了兩名同伴。

之前附身在爸爸身上的「目光明晰之蛇」，竟然附到了KONOHA的身上。KONOHA的「能力」是「目光清醒」。在恐怕是強化持有者肉體的那種「能力」中，放進「明晰之蛇」，我作夢都沒想過會發生這種事。

有如在嘲笑那樣的我，卑鄙的笑容在房裡迴響。總覺得在那之中還混雜著MARI的叫聲，但當時的我面對眼前的悲劇，只能呆呆站在那裡。

在強韌的「身體」裡，放進殘忍的「腦袋」……換句話說，這是最糟的情形。

然而當我認知到那件事的時候，KONOHA黑暗扭曲的笑容已經逼近我眼前。

我被掐住喉嚨無法呼吸，就要闔上眼皮……沒錯，正好就在這時候——

不經意傳進我耳邊的話語，讓我忍不住嚇得縮成一團。

「……來吧，KAGEROU DAZE。」

我一瞬間沒有察覺到那是MARI所說的話。

平時遭到我們捉弄的時候，MARI也會露出相應的氣憤模樣。畢竟最常捉弄那孩子的不是其他人，就是我。我甚至覺得，見過最多次她生氣模樣的應該就是我了。

但是說出「那個名字」的MARI，她的聲音蘊含的怒氣，根本無法與平時相比。

忽然間「明晰」停下了動作，雖然僅僅是一瞬間，但似乎露出了像是由於恐懼而戰慄般的表情。

隨後出現了漆黑的大嘴，劃破了室內凍結的氣氛。

猶如孕育出這個世上所有不吉事物的那個東西，轉眼間就捕獲SHINTARO和KIDO的身體，再次消失不知所蹤。

不知道是因為眼前引發了令人震撼事件的緣故，還是那傢伙的手指掐住我喉嚨的關係，看見那景象的最後，我的意識便中斷了。

……在那之後究竟過了多久呢？

在萬籟俱寂的黑暗之中清醒過來的我的面前，是以MARI的樣子出現的「她」。

無數鱗片爬上她的臉頰，在混濁的雙眼之中，刻入細長的深紅色瞳仁。

猶如棉花般的長髮變短，過去殘留稚氣的活潑臉龐，洋溢著像變了個人似的冷漠表情。

那雙眼睛所瞪的對象，是變成黑色的KONOHA的身影。就像剛才MARI定住爸爸那樣，變得一動也不動，站得直直的。

然而乍看之下外觀似乎相同的那種定格方式，跟爸爸那時卻截然不同。

那傢伙瞠目結舌，浮現出宛如被關進絕望深淵那樣空虛的表情。

就我所知的「ＭＡＲＩ」的力量，是不會變成這樣的。

……是本能上的……該怎麼說，我有把握，把寄宿在ＫＯＮＯＨＡ身上的「明晰」搞到這步田地的「她」不是人類，而是「擁有人形的某種東西」。

擁有ＭＡＲＩ的樣子，但不是ＭＡＲＩ的存在……不經意浮現在腦海中的「梅杜莎」這個字眼，讓我忍不住嚥了口口水。

也許是聽見我的心跳聲，「她」在發現我以後，便一言不發朝著我的方向走近。

帶著彷彿是牢牢盯住的神情，慢慢地、慢慢地靠近我。她就這樣逼近我眼前蹲了下去，用手指向自己的胸口，用聽慣的那個聲音如此說道：

「……你是這傢伙的家人嗎？」

她的用字遣詞不是ＭＡＲＩ。

儘管有一瞬間感到畏懼，但我從她的提問之中，沒有感覺到威嚇的意思。

總之為了回應她我試圖開口，卻不知道關鍵的答案該說些什麼才好。

我想這傢伙是在說ＭＡＲＩ的事。如果是那樣，被問說是不是家人會有點棘手。要我回答「是」總覺得有點困難，說是「同伴」可解釋的範圍又太廣泛了。我也想過不然說是「朋友」吧，但不惜否認是家人也要斬釘截鐵地說是朋友，讓人覺得有點過意不去。

在我苦惱的時候，只見她發出了一聲「嗯」，像是想到了什麼似的再次張口說道：

「那麼是丈夫嗎？」

……

「不是啦！」

我立刻予以否定。我並不是討厭她，但也不能被人毫無道理地誤會。

也許是被我忽然大喊一聲嚇到，她眨了一下眼，深呼吸了下後「呵呵」地笑出聲來。

「怎麼，不是能說話嗎？我看你嘴巴一開一合，還以為你是用那種方式傳達。」

她在說話的時候，看上去就是在說著「什麼嘛～」，做出輕撫胸口動作。

不知不覺中，直到剛才為止她身上類似威嚴的那種氛圍消失，也許是心理作用，總覺得連她的身體也變小了。

但是那種說話方式果然還是跟ＭＡＲＩ完全不同。能這麼流暢地說話，看樣子並不是因為陷入混亂改變語氣的樣子。

既然如此能想到的可能性也不多。恐怕是由於什麼契機，原本「ＭＡＲＩ」的人格替換成「她」的人格了。雖說也有可能不是女性。

「……妳究竟是誰？」

我直截了當地問，她的雙眼再次一個勁兒地眨呀眨。

這是她的習慣嗎？那副樣子看起來簡直就像興致盎然地在觀察我的言行舉止。

還以為她會岔開話題，但她並沒有特意想隱藏的意思，說出了自己的名字。

「我的名字叫ＡＺＡＭＩ。」

聽到那個名字，讓我對剛才掠過腦海的預感有了自信。

她就是SHINTARO他們在MARI的家裡找到的日記主人……現在寄宿在MARI身上的她，是「梅杜莎」AZAMI。

「還有，是MARI媽媽的媽媽。」

「喔……這、這樣啊。」

而且還周到地做了說明。從這種感覺來看，說不定她是個比起傳聞中的形象，還要更容易理解的人物。

不過這樣我就能理解大致上的狀況了。

如果相信AZAMI的話，就像「明晰」對KONOHA做過的事情那樣，AZAMI也用了某種方法附到MARI的身體裡。

既然這樣，也能明白為何她擁有讓「明晰」無法反擊的力量了。這個人可說是我們「能力」的「源頭」。

她比起我們這些使用借來的「能力」的人，能行使更強大的力量吧。基本上就是像大人介入小孩子吵架的那種情形吧。

既然這樣，喔，原來如此。

這件事還真是相當過分呢。

「為什麼……為什麼事到如今才出現。」

瞬間，話語滿溢而出。

以此為開端，情感接二連三冒出，一回過神來，發覺我已脫口而出。

「太慢了吧！妳以為死了多少人啊！妳要是能更早……更早來救我們的話……」

所謂的「早」指的是什麼時候，就連我自己也不清楚。

是強盜襲擊媽媽那時候呢？又或者是爸爸他們被捲進土石流那時候呢？還是姊姊她自盡的時候呢？

……的確也有那些念頭，但大概不是那樣。

我現在是抱持著「希望起碼在ＫＩＤＯ死掉以前來救人」那種想法而說的。

就這樣，我沒辦法再繼續直言不諱說出那些話。無法變成激情的那份遺憾，化為淚水蓄積在眼角。

「啊……嗚……」

ＡＺＡＭＩ聽見我說的那些話，發出微弱的聲音，一副不知所措的樣子眼睛游移。

這也難怪。雖然我對ＡＺＡＭＩ所知甚微，但她也是「明晰之蛇」計謀的受害者。突然間用這種態度對她大喊，她會感到動搖也是情有可原。

沒錯，這種事我知道。

ＡＺＡＭＩ光是這樣前來助陣，就已經令人十分感激了。我有自覺自己是在蠻不講理地嚴斥她，也不覺得自己所說的話正確。

不過即使如此，我還是忍不住。

想到遭到毫不講理地蹂躪、吞噬的同伴們的遺憾，我就沒辦法不惡言相向。

「對、對不起，我無法想像你們有多麼辛酸的遭遇。但是……我即使想幫助你們也來不了。」

ＡＺＡＭＩ宛如一名稚氣的少女就這麼垂著雙眼，用慌張的語氣對我說。

我不認為那是藉口，也沒有足以否定「那是謊言」的根據。

「……那總得告訴我妳為什麼現在來了吧。」

我一開口，AZAMI身體便搖晃了一下，隨後小聲應道：

「我的身體也好，精神也好，在失去了所有『能力』的時候，就已經死去了。現在借用這傢伙的身體說話的我，只是『記憶』而已。」

「記憶……？」

「沒錯。我讓還活著那時的『記憶』，從那邊的世界放進孫女的腦袋裡。雖然說要是能更快成功就好了……」

說到這裡的AZAMI，大概是為了表現是「MARI的」，她用指尖指著自己的太陽穴。

「這傢伙持有支配『KAGEROU DAZE』的力量……只要不使用『合體』，就無法從『KAGEROU DAZE』裡干涉這邊。」

「記憶」放進了MARI的腦袋裡？

確實不論是我或任何人，都是由「記憶」所構成。小嬰兒時期在英語圈長大的話就會講英語吧，而在叢林長大的話，就會狩獵動物吧。所以人格什麼的，就是人生經驗的集大成。

換句話說現在ＭＡＲＩ的腦袋裡，烙上了「ＡＺＡＭＩ」這個人一生的記憶嗎？倘若那是事實，也的確能理解為何ＭＡＲＩ用ＡＺＡＭＩ的語氣說話……儘管如此，還有另一個東西也牽扯進來了。

……「KAGEROU DAZE」。

沒錯，ＭＡＲＩ剛剛確實喊了那個名稱。

恐怕是那個出現，吞噬了ＳＨＩＮＴＡＲＯ他們的一瞬間，宛如互相交錯那般，ＡＺＡＭＩ的「記憶」飛到這邊來了吧。

然而那實在是件怪事。

縱然ＡＺＡＭＩ說ＭＡＲＩ擁有操縱「KAGEROU DAZE」的力量，卻不曾從她本人那邊聽說過那種事。

雖然也可以認為她在隱瞞，但一般來說都會認為她不知情吧。

ＭＡＲＩ真能那麼碰巧地確實擁有自己是「梅杜莎」的自覺，並喊出「ＫＡＧＥＲＯＵ

DAZE」的名字嗎？

我百思不得其解，此時ＡＺＡＭＩ忽然皺起眉頭這樣說道。

「……是多虧了蕾。」

ＡＺＡＭＩ突然脫口而出的那個名字，讓我忍不住雙眼大睜。

ＡＺＡＭＩ似乎沒有發現，只是淡漠地繼續說：

「從前蕾來到那邊的世界之際，我拜託她替我傳話。要是有一天遇到在外界的孫女，能轉達希望她呼叫『KAGEROU DAZE』。蕾的『隱藏』會受到孫女的『合體』吸引。雖然我想說總有一天相遇，她應該會轉達……」

話說到最後，ＡＺＡＭＩ的聲音在微微顫抖。

接著ＡＺＡＭＩ顯露出以「梅杜莎」這個稱呼而言，太過有人情味的表情，似乎很艱難地繼續說出每一個字。

「我真是窩囊……那傢伙實現了我荒唐的心願。是個好人。然而……我卻沒趕上。再也沒有比這更悔恨的事了。」

ＡＺＡＭＩ的眼淚沿著ＭＡＲＩ臉頰上冒出的鱗片流下。

對於發出微弱哽咽聲的她，我沒辦法再繼續追問下去。

老實說ＡＺＡＭＩ的話中，有很多令人疑惑的部分。

為什麼ＫＩＤＯ至今都沒提過「KAGEROU DAZE」的事呢？

還有為何到了這時候她還能把那些告訴ＭＡＲＩ呢？

雖然無法欺騙自己的求知慾，但即使對那些打破沙鍋問到底，我也甚至不知道那有什麼用處。

發生了的事情無法改變。就算得知了意義，也只能讓自己的無能為力得到安慰而已吧。

不過ＡＺＡＭＩ的眼淚，讓我對一件事有了把握。

……看樣子是ＫＩＤＯ救了我的這件事。

唉，我發出一聲嘆息用雙手遮住整張臉。無處宣洩的情感，把我的內心攪得一團亂。

為何、為什麼、該怎麼做……然而在腦海中浮現又消逝的那些想法，不知是幸還是不幸，沒能從疲倦不堪的我的喉嚨化為言語出口。

「你跟蕾感情很好嗎？」

我感覺ＡＺＡＭＩ詢問的語氣中帶著一絲關懷，是在關心我吧。

話說回來她剛剛也問過我類似的問題，問我跟ＭＡＲＩ是不是家人。

儘管並不是代替先前沒能回答的份，不過我立刻做出了答覆。

「是啊。我們是打從小時候就一直在一起的關係。倔強又笨拙……我非常喜歡她喔。」

就連我也覺得自己回答的方式相當粗魯。但是我想用不加修飾的言語回應她。

耳聞那些話後，ＡＺＡＭＩ簡短說了聲「這樣啊」，這回她開始吸鼻子。

我感到不可思議抬起頭，只見ＡＺＡＭＩ掉下比剛才還要更大顆的淚珠，同時身體也在顫抖。

「你、你很難過吧。跟長期一起生活的人離別，是好比烈火灼身那麼痛苦的事。唔……咿……我該對你說些什麼話才好呢……」

啊，總覺得……這個人是人類呢。

對於才剛結識的對象，能這樣感同身受的人並不多。真的是跟「梅杜莎」這種字眼非常不搭的人。

蛇的雙眼滴答滴答落下眼淚，帶著跟我們所流的血同樣的悲傷色彩。是向來惱人，令人厭惡的色彩。

當然我並不會徹底信任ＡＺＡＭＩ的話。但是有個比起那些更優先，雖然微小卻很重大的原因。

她明白我們被叫作「怪物」，遭到厭惡的空虛感。

擁有這種眼睛顏色的傢伙，我不可能會討厭。

……如果是ＫＩＤＯ多半會這麼說吧。我決定要學她那樣。

「真是的，拿妳沒轍。ＫＩＤＯ為了我們努力過了。雖然她不在是很寂寞，但是既然活下來了，也不能光顧著哭啊。」

話說完以後，我站了起來。

這話一半是真心的，但是另外一半是謊言。在那個謊言開始融化以前，現在必須毫不猶豫地前進。

「AZAMI小姐，謝謝妳告訴我這些。所以接下來我們該怎麼做？」

「不用加上小姐。叫AZAMI就好。」

發出一聲很大的抽泣聲後，AZAMI抹去眼淚道出不滿。

「喔，呃……那是很重要的事嗎？」

「那當然，因為那是以前得到的……我很珍惜的名字。」

……原來如此，那確實是重要到不行的事。

面對徹頭徹尾充滿人情味的AZAMI，我簡短回了句「明白了」，然後重新面向寄宿在KONOHA身上「明晰」的方向。

從剛才就毫無變化站立著的「明晰」，再加上其表情正可謂異常。

空洞的雙眼黯淡無光，宛如靈魂被抽離的站立姿態中，連一絲的情感都無法感受到。

至今的狀態，從旁人的眼光來看似乎是分出勝負了，但這樣子肯定不行。

至少牠還占據著KONOHA的身體，不能就這樣置之不理。
況且還不知道牠什麼時候又會再動起來襲擊我們。
因此我們必須得完成剛才沒達成的，面對「明晰」根本上的對應……
當我在左思右想之際，AZAMI緩緩開口道：
「憑孫女的力量，我想定格幾分鐘就已經是極限了。我使用了蓄的……『隱藏』的力量。」
使用了KIDO的「能力」——這句話讓我的胸口隱隱作痛。
不論再怎麼明白事實，那果然還是無法立刻接受的現實。
也許是因為我沒有反應，AZAMI瞄了一下我的臉龐。我趕忙振作起來，思考AZAMI的那些話。
使用了「隱藏」是什麼意思啊。KIDO的「能力」應該是能讓「認知」變得無限稀薄的力量。
「呃，妳的身影看起來並沒有變得稀薄……妳是用了『隱藏』的什麼？」

「身影？喔，讓自己『變得稀薄』只不過是『隱藏』的使用方法之一。總之，這件事很簡單。」

ＡＺＡＭＩ說著指向「明晰」，就這麼像在描繪那傢伙周遭似的，在空中用手指繞了一圈。

「我消除了那傢伙『對現世事象的所有感覺』。聲音、光線、就連自身的心跳那傢伙也早已無法認知。就好比是把這傢伙關進無法認知的世界之中那樣。」

甚至會令人感到冷酷的口氣，使得我不禁背脊發冷。在ＡＺＡＭＩ睥睨「明晰」的神情中，沒有留下任何一絲方才感受到的關懷體貼。

居然消除了對手的所有感覺，脫離常識也要有個限度啊。

她能驚人地信手拈來使用「能力」。我再次確實地感受到在眼前的她是不折不扣的「梅杜莎」。

「不過說到底只是爭取時間，也撐不了多久。」

ＡＺＡＭＩ說完朝「明晰」邁開了腳步。我急忙追了上去。站在「明晰」的面前時，ＡＺＡＭＩ目不轉睛盯著牠巡視了一圈，接著發出深深的嘆息。

「果然身體開始逐漸重組了……恐怕是使用『清醒』，開始創造我力不能及的肉體吧。

原本這傢伙就應該熟知我的力量，說起來也是理所當然……」

「所以說這代表的是……？」

我這一問，AZAMI吊起帶著冷汗的嘴角。

「再過一下子，這傢伙會得到『同樣手段再也拿他沒轍的身體』，並再次開始行動。」

瞬間，剛才喉嚨差點被掐斷的記憶強烈地在腦中甦醒。

跟平時柔和的表情大相逕庭，KONOHA殘忍的笑容，即使只是不小心想起，也差點渾身顫抖到不知如何是好。

「糟、糟糕！本來就已經應付不來了……那樣子該怎麼辦才好！」

「等、等、等一下！你冷靜一點！我當然已經某種程度上預料到了！我也不是白待在那個世界那麼長的時間，自然也有認真思考過對策。」

在我用誇張的舉動咻咻揮動手臂過後，AZAMI雙手抱胸，鼻子重重哼了一下。

原來如此，想來也是理所當然。說到底「明晰」本身原本就是AZAMI「能力」的一部分。

只要不是遭到偷襲或是中計，擁有「梅杜莎」之力的AZAMI，無疑是處於絕對有利的立場上。

明明是這樣，我還像是聽到有點恐怖的故事那樣瞎鬧一通，算是做了很丟臉的事。AZAMI似乎也很有自信，這裡交給她，我就在一旁守護吧。

我抱著期待望著她，AZAMI說了聲「總之你就看著吧」接著朝「明晰」伸出雙手，默默閉上雙眼。

「就算再怎樣絞盡腦汁，得到多麼強韌的身體，說到底這傢伙也不過是受到『合體』支配下的能力之一。我來將牠拉出來，強行叫牠聽話……！」

AZAMI閉著雙眼開始念念有詞。也許是心理作用，我覺得四周也開始飄散莊嚴的氣氛。

啊，我們漫長的戰鬥，也終於要到落幕的時候了嗎？失去家人、失去同伴，真的發生過很多很多事。

即使這個事件結束，失去的事物也不會回來。但是SHINTARO、KIDO還有姊姊想保護的事物，最終不會落入敵人手中。就算只留下那個事實，對於現在的我來說也是救贖。

我得向AZAMI道謝才行。要是她沒有來的話，現在就……

「……咦？」

總覺得剛剛ＡＺＡＭＩ說出了什麼不吉利的話，是我的錯覺嗎？我的確聽見了她好像說了聲「咦？」。

只見ＡＺＡＭＩ仍舊緊閉雙眼，似乎相當用力的樣子。剛才她說要把「明晰」拉出來，但她的樣子看來相當辛苦。

加油啊，ＡＺＡＭＩ。雖然不是什麼輸贏的問題，但總而言之別輸啊……

ＡＺＡＭＩ繼續「唔～」、「唔～」地念念有詞。

……不對，真的沒問題嗎？她開始喘大氣了，沒問題嗎，ＡＺＡＭＩ？

稍等一下，她剛才有一瞬間看著ＫＯＮＯＨＡ的臉露出「咦，還沒出來嗎？」那樣的表情，真的沒問題嗎，ＡＺＡＭＩ？

剛剛不是說了「我也不是白待在那個世界那麼長的時間」之類的話嗎？等等，為什麼露出快哭的樣子啊，加油啊，ＡＺＡＭＩ，我說真的……

「……我、我不行了。」

AZAMI一臉蒼白回頭望向我，連一丁點「梅杜莎」的威嚴都沒留下。

然後大概是我臉上也露出相同的神情吧。本來就很陰鬱的室內氣氛，被悄然無聲的寂靜給包圍……接著被打破了。

「不對，咦咦咦咦咦？等一下，妳剛剛還超有自信的對吧？說『那傢伙也不過是能力之一……』之類的，那是怎麼回事啊！」

「吵吵吵吵吵吵死人了！誰知道啊！我拚命去做了啊！雖然不知道為什麼，但牠完全不聽我說的話，這樣……似乎行不通。」

「『似乎行不通』？饒了我吧，虧我還對妳寄以厚望！這下子該怎麼辦！妳說呀！」

「啥！我也是努力過了，你沒必要用那種說話方式吧！要是有意見的話就你來做！你來做！」

「啥？我怎麼可能辦得到！妳是為了什麼而來的啊真是的～～～～！」

在我們進行這些毫無意義的爭論之際，忽然間隨著豪爽的一聲「砰！」響起，研究室的大門應聲開啟。

「「哇啊啊啊啊啊啊啊啊啊！」」

突然間從未曾預料到的方向傳來轟然巨響，讓我不禁跳了起來。接著AZAMI也跳了起來。好像跳得比我還要高。

「大家沒事吧？有順利進行嗎！話說……咦，MARI妳改變形象嗎？」

喘得上氣不接下氣出現的人，是KISARAGI。她望著AZAMI所附身的MARI，帶著愣愣的表情歪歪頭。

面對臉頰浮現鱗片的朋友居然說是「改變形象」，真令人佩服。還有衝進這樣的狀況中，一開口就說那些，讓人有種果然是KISARAGI的感覺。

但是既然KISARAGI來了，那傢伙應該也來了。當我一瞧向敞開的門扉，便看見有個大塊頭的影子搖搖晃晃地出現。

「等一下，妳跑太快了，KISARAGI……呼……咿……」

在喘著粗氣的同時出現的SETO，簡直像跑完馬拉松的選手那樣把手放在腰上，似乎

很喘地開口。

計畫是ＫＩＳＡＲＡＧＩ在「聲東擊西作戰」過後要跟我們會合。既然ＳＥＴＯ也在一起，就代表大致上是按照計畫來到這裡了吧。

ＳＥＴＯ的任務，簡單來說就是保護ＫＩＳＡＲＡＧＩ。尋找四周有沒有覺得是敵人援軍的詭異「聲音」，同時避免遇上敵方勢力。也就是擔任所謂「聲納」的職責。

因為要大量使用「能力」，原本以為ＳＥＴＯ會提不起勁，但當事人ＳＥＴＯ說了「請交給我吧」，非常可靠地如此回應，令人有點驚訝。

不過看他一副快沒氣的樣子，似乎被折騰得很慘。

「啊，ＳＥＴＯ，不好意思我跑太快了。該怎麼說，ＳＥＴＯ的腳程，出乎我意料的慢……」

ＫＩＳＡＲＡＧＩ一副過意不去的樣子搔著頭說，該怎麼說，她的用詞真是糟透了。

ＳＥＴＯ說了聲「對不起……」無力地笑笑之後，神色陰沉了下來。那傢伙儘管只有體力可取，但腳程卻意外很慢。

不過丟下護衛往前衝，還真不愧是KISARAGI，不是尋常人物。畢竟KISARAGI的「能力」也相當強大，認真要用的話一兩個敵人不成問題。

「所以說KANO，呃……這是什麼狀況？」

KISARAGI左顧右盼環顧這附近，接著再次歪歪頭。恐怕是察覺到沒看見SHINTARO和KIDO蹤影的事了吧。

發現那件事的我，有種宛如冰水流進胃裡的感覺。剛才自己嚐過的絕望，接下來KISARAGI也會明白。

在我無法回應KISARAGI的呼喚之時，AZAMI突然拉了拉我的衣角。

「喂，小鬼，那傢伙是同伴嗎？」

我們兩人站的地方，跟KISARAGI之間有一點距離。我一面留意不要讓聲音傳到KISARAGI那邊，一面迅速跟AZAMI咬耳朵。

「是啊，是我們的同伴之一。是剛才被KAGEROU DAZE吞噬的那男生的妹妹。」

聽完那句話，AZAMI「嗚」了一聲。既然對於我先前的告白那般感同身受，她大概也察覺我對該如何回應KISARAGI感到猶豫不決的原因了吧。

話雖如此，就因為是這種狀況。我不可以對他們兩人隱瞞同伴遭到吞噬的事，還有KONOHA的事。

要是「明晰」再次開始作亂，那才真的是Game Over了。在這裡的所有人會在剎那間化為無法言語的肉塊吧。無論如何都得避免那種情形。

但是該怎麼告訴他們才好？要是說得不好，搞得他們兩人完全失去鬥志該如何是好？如果是那樣還好，要是他們連逃走都放棄的話？

然而拋下還在遲疑的我，AZAMI忽然開口說道：

「妳哥……被『KAGEROU DAZE』給吞噬了。蕾也一樣。他們很勇敢地挺身而出，然後死了。」

突如其來的發言，讓我的心臟劇烈跳了一下。

「笨、笨蛋……！」

有種叫作表達方式的東西吧。

我正想插嘴說那句話，卻被AZAMI那堅決的態度所震撼，閉上了嘴巴。

KISARAGI表情僵硬，只能發出「咦」、「啊」之類無法構成句子的聲音。還以為SETO會同樣露出一副不安的樣子直發抖，沒想到隨後他便四肢無力，雙眼向下看。

他們兩人令人心痛的反應，讓我也忍不住垂下雙眼。已經把無可奈何的現實，無可奈何地傳達給他們了。

到他們兩人能面對現實為止，要花上多少時間呢？不，說到底別說是面對了，他們有辦法承受嗎？

然而我的擔心是多餘的，沉默的時間並沒有持續很久。

「這……樣呀。原來如此……」

KISARAGI的話語有如壓抑了即將溢出的某種情感，接著將其逐漸擠出一般。

AZAMI彷彿是汲取那些話語後開口回應：

「我也明白你們無法忍受的心情，但是在這裡消沉就會浪費掉他們的犧牲。我們還沒解決任何事，所以……」

就這樣，在AZAMI話說完以前，有人同時開口：

「……我明白了。有我……能做的事情嗎？」

我忍不住抬起頭，在我視線前方的KISARAGI的表情，看不見任何迷惘。

就像是讓變得遲鈍的腦袋曬在陽光下那樣，我的意識變得清晰。

就我所記得的，至今我曾經見過兩次這種表情。

一次是無法忘懷的那一天，在夕陽的屋頂上下定了決心的姊姊。還有不是別人，就是她的哥哥，露出這種表情帶領著我們。

KISARAGI打算要繼承自己哥哥的遺志。也許是受到影響，只見SETO的眼中似乎也含著淺淺淚光，他一言不發地點頭回應。

雙眼依序看向他們兩人的臉，接著AZAMI就像在說「該怎麼辦」那樣望著我的臉。

……真的是太誇張了。

明明受到蠻不講理的折磨，絕望一次次擺在眼前，每一個人卻都「不放棄」。

看來我們這些團員的決心似乎超乎我想像的堅定。真的甚至想讓團長看看了。

我的腦中忽然掠過SHINTARO提出的這次作戰的「最終目標」。

那非常孩子氣的口號，因為SHINTARO用非常認真的表情說，所以大家都笑出來了。

但是大家都十分明白。那是受到迫害的我們，值得賭上性命伸出手的事物——我們十分明白。

「……真的是甘拜下風了。」

果然到了最後還是他呢，我泛起一抹苦笑。

總而言之，已經確認過意願了，但是在說今後的事以前，還有一件非做不可的事。

我輕呼一口氣，接著向站在旁邊的「梅杜莎」提議。

「總之從妳的自我介紹開始吧？」

頂著ＭＡＲＩ天真無邪的臉蛋，卻滿口嚴肅語氣一個勁兒地說話的本人，則是對此露出「你在說什麼？」那樣一臉發愣的表情。

我在視野一角看見「就想說什麼時候會吐嘈這個」的兩人點頭的樣子。

……這也難怪，個性差這麼多，要用「改變形象」這個詞彙也太牽強了。

*

充斥著濃厚藥品氣味的研究室裡的氣氛，依然充滿緊張感。

在舉目可見的四周所配置的液晶螢幕，那亮度甚至高到讓人覺得刺眼的光線照射之下，我們聚集在一起各自激盪腦力。

先不論AZAMI結結巴巴的自我介紹有沒有準確地傳達給他們兩人，我們儘管共享了大致上的情報，但狀況依然不樂觀。

AZAMI所說控制「明晰」讓牠無力還擊的這條路，似乎是不可能了，但現況是即使要思考其他手段，也想不出什麼對策。

在室內找不到類似時鐘的東西，那一點更加挑動了人類的焦躁感。看不見的時間限制不斷逼近，眼看著正在消耗我們的精神。

在那之中，我向AZAMI丟出不經意浮現在我腦中的基本問題。

「話說說到底『目光的能力』原本是AZAMI妳的東西對吧？看妳『隱藏』也用得非

常熟練……為什麼唯獨『明晰』不能依自己的意思操控呢？」

接著ＡＺＡＭＩ像在表達「外行人就是不懂」那樣聳了聳肩，該怎麼說，讓我非常想欺負她一下。

「對你們來說肚子餓了就吃，想睡覺就睡覺對吧。就像你們不會刻意為那找道理一樣，『能力』也各有自己最重視的，類似『慾望』那樣的東西。」

ＡＺＡＭＩ說著戳了下ＫＩＳＡＲＡＧＩ的胸部。ＫＩＳＡＲＡＧＩ沒有特意避開所以被戳中了，ＳＥＴＯ從那幅情景中別開視線，但我可沒錯過，這可是緊急狀況啊，兄弟。

「比方說妳擁有的『奪取』最喜歡『希望得到他人的認知』這種願望。雖然各自的嗜好不同，但所有的『能力』都是以願望為糧食得以持續存在。然後，非常討厭其願望被奪走。」

照這樣說，我在得到「能力」的時候，好像也覺得有誰問過我那種事。雖然ＡＺＡＭＩ說的時候以生理需求來形容，但我的腦中自然而然地浮現出飢餓的蛇的模樣。

儘管曾聽說過蛇相當執著這種話，不過將以願望為糧的「能力」用蛇的樣子來象徵，或許也跟這不無關係。

「但是不斷貪求願望是不行的。對於人類的『慾望』，『理性』會發揮作用對吧？對於『能力』而言，負責那種工作的就是『合體』。」

AZAMI將戳著KISARAGI胸部的手指迅速移到自己的太陽穴上指著，表示「就是這個呢」。

KISARAGI說了聲「原、原來如此」，隨後用一知半解的樣子點了點頭。

「大致上的『能力』在『合體』之前，都會無法辯駁直接屈服。只要聚集『能力』，甚至還能創造出類似『KAGEROU DAZE』那樣的『另一個世界』。可是『明晰』卻沒有屈服，這代表那傢伙遵循比起『合體』的命令更重視的強烈慾望吧。縱然不知道那是什麼，但既然無法操縱，那不管怎麼做都行不通了。」

AZAMI那樣說完以後，就一副無精打采的樣子垂下了頭。明明創造出非常萬能的「能力」，本人卻不怎麼有能，令我甚感疑惑。

不，不對。或許應該認為就是因為這樣才會創造出「能力」。

恐怕「能力」這種東西，是為了實現無能的AZAMI自己的「種種願望」而誕生的吧。

然後由於某種因果，以創造出「KAGEROU DAZE」為界線，轉移到擁有跟過去的AZAMI相似「願望」的我們身上。

依據那種道理來看，代表團員們各自擁有的「某種困境」讓蛇相當中意。

若KISARAGI的「奪取」嗜好為「承認需求」的話，SETO的「竊取」所反應的願望可以說就是「想要明白他人的心情」這部分吧。

以吞噬那種願望，實現那種願望持續存在的「十種能力」。

我們只能在各種限制之下使用「能力」，但擁有「合體」的AZAMI使用在「明晰」身上的「隱藏」之力，正是宛如違背世間常理那樣異質且絕對的東西。

倘若那就是「能力」原本的力量，那種力量已經不是能以異常那種詞彙形容的次元了。

比方說能不能使用「隱藏」，辦到「使人無法認知到世上萬物」這種事呢？

又或者是使用「欺騙」，讓人「將世上萬物都認知成其他事物」的話？

接著，如果作用對象不是「人」……比方說要是能對「世界」使用的話？

「世界」由於「能力」失去「現實」，「空想」由於「能力」替換成「現實」。

然後將「空想」誤認成「現實」的世界，也能讓僅僅「十種能力」隨心所欲無所不能不是嗎？

儘管是如果寫在筆記本一角似乎會一笑置之那樣古怪的事，不過試著那樣一想，也能將我們的「能力」與「KAGEROU DAZE」想成是牽一髮動全身那樣。

倘若這種能力甚至擁有能改寫世界規則的力量，也就能理解「明晰」為何會策劃瘋狂的劇本，一直盯著我們的「能力」和MARI的「合體」。

對了。以前在夕陽西下的屋頂上，曾經聽「明晰」說過的那些話……只要有我們的「能力」，就能「實現」那些話了。

究竟是為了什麼？唯獨這點如今我還是不明白，但那傢伙肯定是要使用這種力量實現那件事——

企圖使用梅杜莎的力量，把「這個世界的一切」倒帶，將所有的一切還原歸零。

我依稀認知到的這個「最糟劇本」，到了這階段，甚至冷酷無情地開始帶有現實感了。

我明白原本就拿不出令人滿意的主意的腦袋，眼看就要遭到感受到危險徵兆的絕望逐漸侵蝕。

不管怎樣苦惱，都想不出能揮開絕望的好主意。

果然我們要在這裡完蛋了嗎？不管怎麼想，都沒有能打破如此離奇情況的方法……

離奇……離奇……

等一下，我剛剛腦中浮現出了什麼名字？

「……啊……啊……」

纖細又微弱，但卻是將盤旋在我腦中的「絕望」具體化的尖細聲音。

那輕易地便從鼓膜貫穿到我的頭蓋骨，在想抓住僅有希望的我的腦髓中，烙印上「死」這一個字。

受到生存本能的驅使，包含我在內的三個人像被彈飛似的，跟牠拉開了距離。

相對地ＡＺＡＭＩ則是瞬間縮短跟牠的距離，竭盡全力伸出纖細的雙手擋在牠的面前。

「快逃！什麼都別想，快跑！」

無法想像是出自ＭＡＲＩ喉嚨中帶著霸氣的聲音，讓我的趾尖不禁朝向房間的出口。

然而遺憾的是，我並不是那種能以自身的危機為優先，腦袋裡充滿自私的人。其他的兩個人似乎也有同樣的想法，我們沒有任何一人聽她的話，而是當場站穩了腳步。

「你、你們在做什麼！快點……」

「雖然很想那麼做，但團長曾經教過我們一言既出駟馬難追。況且就算逃走，反正我們不久之後也會被牠給殺了吧。」

會盡說些討人厭的話，恐怕是我的腦袋麻痺了吧。

我的全身早已在發抖，但看樣子嘴巴還能好好動作。

「就是說呀，ＭＡＲＩ……不對，是ＡＺＡＭＩ妹妹。我們可不能拋下妳一個人啊。想要一個人戰鬥什麼的，有點耍帥耍過頭了。」

居然稱呼這世上惡名昭彰的「梅杜莎」為妹妹，哎呀呀，她已經是傳說了吧。

ＡＺＡＭＩ面對那樣的我們似乎也無言以對，但最後還是用帶著一絲看開的口氣直言道「真是群蠢貨」。

正如她所說，誇下海口了還什麼都辦不到，那被說「蠢貨」也只是剛好，根本就只會淪為弱點。

眼前散播著滿溢出來的不祥，變成黑色的KONOHA的身體開始緩緩動了起來。

然而唯獨牠的雙眼仍舊相當空洞，沒有對著我們這邊的感覺。看樣子牠的精神似乎還在黑暗世界中徬徨。

話雖如此，要恢復剛才那種敏捷向我們飛撲過來，想必也花不了多少時間吧。

已經沒有時間玩弄計策了。然而到了緊要關頭，我的腦中卻閃現出一個點子。

儘管無疑是外行人的主意，但既然沒有其他計策，就有一問的價值。剛才稍微掠過腦海的「光明」的真面目，儘管很諷刺，但他的半覺醒造成震撼，讓我如今腦中清楚浮現想法。

「我說AZAMI……不能呼叫『KAGEROU DAZE』嗎？」

AZAMI聽到我的詢問回頭，雙眼帶著好似熟透落下的石榴那樣的赤紅。

那雙眼睛……「合體」剛剛確實叫來了「KAGEROU DAZE」。如果被吞進那個世界，應該就用不著決一勝負也能收拾掉這種場面。

當然那也代表著「把KONOHA的身體丟進那個世界」那樣極為無情的思考方式。可是KONOHA雖被附身，但並不代表「他死了」。

我們過去曾經用「能力」當作性命的替代，從「KAGEROU DAZE」中回來。說到底還活著的KONOHA，照道理也能回到這邊的世界吧。

就這樣所有人相親相愛地被意識遭到占據的朋友折磨到死，迎接目不忍睹的壞結局。

又或者是應該帶入「延長戰」，爭取想出一條計策的時間呢？

至少被吞噬的同伴們所託付的「未來」，再怎麼想都不會是前者。

「……你是什麼時候注意到那件事的？」

一問之下，發覺AZAMI的言語中帶著一絲慌張之色。

並不是「我都沒想到那招！」或是「居然要故意讓同伴遭到吞噬！」那一類。

而是就像在說「不希望你察覺」那種尷尬的語感。

儘管發覺那種不自然，我還是坦率回答。

「就在剛才。如果『KAGEROU DAZE』能吞噬掉那傢伙，至少能夠免於全軍覆沒。當然我想問之後能不能救出KONOHA呢？」

「……的確使用『合體』的話，就能打開通往『KAGEROU DAZE』的入口。但是……也只是能打開而已。」

果然即使對於我的提議感到驚訝，但似乎也不是完全不可能的事。

先前在話中窺見的慌張之色浮現在表情上，AZAMI補充道：

「『KAGEROU DAZE』會吞噬瀕死之人。吞噬掉老早就克服了死亡的那傢伙，不會改變『KAGEROU DAZE』的性質，但是……」

AZAMI中斷話語，隨後似乎是看開了，加強語氣繼續說下去。

「光有『合體』的力量，沒辦法改寫『KAGEROU DAZE』的性質。至少要有『十種能力』的一半……必須要有替代你們性命的『能力』，寄宿在這副軀體上。」

「我們的性命……」

蛇在腦中排排站。

MARI的「合體」。

KISARAGI的「奪取」。

我的「欺騙」。

SETO的「竊取」。

還有已經化為MARI一部分的，KIDO的「隱藏」。

漫不經心數著「性命數量」的我，發覺數字正好顯示為十的一半。

「在那傢伙定格後馬上……在你失去意識的時間，我已經嘗試過了。用『合體』和『隱藏』只能讓『KAGEROU DAZE』張開嘴巴。但是……我不想說。你們不會迷惘也不會逃跑。要是我這樣講，你們就會……」

AZAMI那樣說完，隨後鮮紅的雙眼就像個孩子那樣變得濕潤。

那副模樣不見半點被稱為「怪物」，畏為「梅杜莎」的影子。

打從遇見的時候我就一直感覺到，這個人的性格好像太容易同情他人了。

明明是別人的事，她卻就這麼接受，當成是自己的事情那樣流淚。

明明大多數的人都做不到那樣，居然是她做到了，總覺得好像是很可笑的事。

啊，真的是啊。明明是無可救藥的人生，我卻盡是遇上些溫柔的人呢。

KISARAGI走近AZAMI身邊，配合身高彎下腰，直接將她擁入懷中。

「……謝謝妳為我們煩惱。不過交給妳的話我可以放心。因為妳是我摯友的家人嘛。」

「嗚……嗚……」

AZAMI沒有回答問題，窩囊地發出咽泣聲。

儘管那副模樣一點都不可靠，但KISARAGI所說的值得將性命託付給她，我完全抱持同感。

姑且還是看了下SETO，他一臉「那不是理所當然的嗎」的樣子，回了我一記苦笑。

我跟這傢伙，說實話也發生過很多事。

即使是討厭的「怪物房間」，事到如今也令人懷念。在那個上下鋪的上鋪，面對面想著就不能得到「幸福」嗎？有淚有笑的日子回想起來，就像是昨天的事情那般鮮明。

真的是還好沒有能徹夜聊回憶的時間……畢竟要是聊了，一定會忍不住期待未來。

……然後，那東西突然殘忍地來訪了。

「咕嘎啊啊啊啊啊啊啊啊啊啊啊！」

身體大幅扭動一下，隨後「明晰」發出宛如野獸的咆哮。土黃色的眼球骨碌碌地東張西望瞪著整個室內，一朝向我們的方向，就正好停止了動作。

「真是遺憾呢，混帳小鬼們。」

像是扭曲掉蛇吐舌的聲音那般，刺激神經的聲音纏繞在鼓膜上。

那個聲音裡，早已找不到半點昔日友人的痕跡。

「……！」

強烈的顫慄、明確的殺意，讓全身上下像要崩潰一般直打哆嗦。

「明晰」可說是成為了絕望的化身，只見牠雙手無力地下垂，凶猛的視線逐漸朝向空中。接著對準AZAMI咧嘴一笑吊起嘴角，然後……

……一步。

牠漆黑的右腳，以非比尋常的腳力朝著地板踏了下去。

耳邊響起震耳欲聾的爆破聲，彈飛的金屬地磚唰唰地刺進牆上的螢幕之中。

那股衝勁變成推力，「明晰」好似被彈飛那樣發射出去的身體，化為漆黑的彈頭逼近AZAMI眼前。

在連話都來不及說的瞬間，牠便行使了壓倒性的蠻橫威力。

KISARAGI迎面陷入絕望來襲的狀況，剎那之間她將抱著的AZAMI推到一旁去。

飄浮在空中的AZAMI的赤紅雙眼，睜到大得不能再大了。

從她用自己的身體當肉盾保護了「未來」的身影中，感覺不到「能力」的氣息。

即使如此，她的決心、靈魂，使得我目不轉睛地看著。

AZAMI的叫聲，徹底消失在逼近的轟鳴之中。

漆黑的影子就在眼前，KISARAGI回了我一記彷彿很困擾的微笑。

接著她說出「就拜託你了」，最後她的身體宛如橡膠娃娃那般彈飛，撞到的牆壁和地上，生出一片鮮紅的血海。

實在是太過一面倒的慘案，甚至沒有任何一人發出叫聲。

跟著像是在說「接下來輪到你」那樣，「明晰」的雙眼捕捉到了「MARI的身影」。

牠的身體瞬間移動到MARI面前，抓住她的頭，輕輕鬆鬆就把人抬到空中。

MARI極為恐懼的模樣，讓「明晰」浮現出陶醉的神情。

「別這樣……拜託……」

不待MARI把話說完，「明晰」就抓著MARI的右手，以像是要用力扭的訣竅般，

「噗滋」一下扯斷。

「啊啊啊啊啊啊！」

牠用就像在說得手了那樣的笑容，心滿意足地望著ＭＡＲＩ由於劇痛慘叫的模樣。

「妳以為我不會殺妳嗎？啊哈哈哈哈哈哈！」

響徹腦內的卑鄙笑聲，讓我的眼前一片暈眩。

好似追擊那般打出的右拳，挖起了ＭＡＲＩ的右側腹。

隨著盛大的水聲散落一地，如同瀑布一般的血液也流了下來。

……啊，結束了。一切都結束了。

曾經夢想過的世界的後續，看樣子我是看不見了。

唉，真不甘心呢。只差一點好像就能搆到了。要是還有下一次機會，肯定能做得更好，但沒有那種事呢。又不是漫畫。

那麼，總之最後只剩一件事。

我想著自己毫無用處的人生，是不是在為別人作嫁呢？

「由於疼痛而解除了ＭＡＲＩ擬態的我」，看見大感驚訝的「明晰」的表情感到高興，忍不住揚起了嘴角。

手臂也好、側腹也好，早就感覺不到疼痛。這已是第二次，大概也明白是怎麼回事。在變得朦朧的意識中，我看見使用「隱藏」的「真正的ＡＺＡＭＩ」出現。她的背後跟著五隻白蛇，露出非常激動的神情。

啊，這樣啊。我的「能力」也已經去了ＡＺＡＭＩ那邊。不管怎麼說，失去了果然還是會寂寞呢。

無論如何，在最後的最後能跟ＫＩＤＯ的「隱藏」一起戰鬥，還是挺高興的。甚至覺得有點太過理想。

不知不覺中我被扔到地上。而且角度不好，我的雙眼最後注視著的是「明晰」絕望的表情。

真心有種不希望牠頂著朋友的臉露出那種神情的感覺。

「KAGEROU DAZE」張開嘴巴。我默默地閉上視界變黑的雙眼。

就這樣，最後在黑暗之中，我聽見手機的震動聲。

啊，這樣啊，她也在。也就是說原來如此，是這麼一回事呢。真的很機靈呢。真是的。

我就這麼完結了。

在完結的前方，只有一瞬間，總覺得聽見了心儀的那女孩的聲音。

似乎很憤怒的音色，讓我不禁回頭望去。

那裡沒有任何人的身影，那樣子最有她的風格。

Summer Time Record -side No.2-

我打開好一陣子沒打開的電視機。

過了幾秒鐘，螢幕上出現綿延不絕顏色五花八門的車輛長龍。「暑假進入尾聲，預測首都圈主要幹道的交通將會變得更加混亂」，在那後頭出現年輕女性一板一眼讀稿的聲音。

鏡頭一轉，只見淺藍色的多功能休旅車裡，有名手握方向盤的壯年男子。車子裡其他還有一大兩小的人影。儘管沒有看見臉，但不由自主腦中便浮現出溺愛子女的家庭的感覺。

雖然還想就這樣繼續再看一下下，但不知不覺手指就按下了遙控器的電源。

跟著我無事可做，變得一片寂靜的室內，不知從何傳來了蟬叫聲。

我從以前就不怎麼喜歡蟬叫聲。雖然想著「真風雅啊～」時聽起來不錯，但那種聲音隨著時間經過不斷持續下去的話，便會令人不安。

明明這麼堅強的喊叫，牠們卻絕對無法度過夏天。

也有人說過「蟬會在只有一次的夏天竭盡全力活下去喔」那種話，就算明白那些，但每當看到牠們倒在路邊乾癟的樣子，就有種無法忍受的感覺。

仰望天空變得乾巴巴回歸土地的牠們，去世時究竟想著什麼呢？會盼望度過夏天，看到未來的景色嗎？

如果牠們抱著那種想法死去，真的是非常殘酷的事。

一旦度過夏天，就會有讓身心為之凍結的冬天到來。而且牠們的身體，沒有辦法在那樣的冬天活下去。神明從一開始就沒有替牠們準備「夏天過後的未來」。

這麼說來，KANO過去曾經嘟噥過「神明什麼的，肯定是過分的傢伙」。

明明周遭都是些似乎很幸福的人，卻老是讓我們感到不幸。他說那是因為神明將不幸強加在我們身上。

當時我還說著「沒錯，你說得對」跟他相視而笑，但說不定那已經傳到耳朵很靈的神明耳中了也不一定。

不曉得「幸福」的意義卻期盼著「幸福」的我們，神明會用怎樣的表情嘲笑我們呢？

……真令人鬱悶。這樣不好。

我發出了嘆息，眼睛掃到有個仿照鎮座青蛙的時鐘。

打從那孩子出去買東西，再過一會兒就要一小時了。從目的地的距離來考量，再過幾分鐘就回來也不奇怪。

但既然是那孩子，如果在回家路上遇見精神不錯的小狗之類的，應該會不斷繞路又繞路多花上兩個小時吧。

而且要是回得來倒還好，當然也有可能回不到這裡。那樣一來自不用說，就得拚命執行夜間搜尋了。

「唉……」

第二次的嘆息，嘴唇好乾。

果然還是跟著一起去比較好吧。但要是說那種話，會莫名惹火那孩子，她有可能趁我不知道的時候悄悄出門。

反正她本人也不會要我處處照看，如果她說「別管我」那我就停手，可是無論如何愛擔心的個性就是改不了，我的內心還真是複雜。

那孩子是個必須尊重的個人，同時也是我最重視的人。我希望她自由自在地生活，但不希望她做危險的事。估量那種平衡的方法，我還沒有找到。

「你在發什麼呆？」

我確實發呆了一會兒也不一定。不經意展開了對話。

「嗯～我在想些事情。找彼此相處的平衡還真是困難呢。」

她在。

「嗚哇啊啊啊！什麼時候？妳是什麼時候回來的！」

我從沙發上摔落，右肘用力撞上了地板。我由於劇痛臉部扭曲，一回首抬頭望去，只見ＭＡＲＩ從椅背的另一頭，以發自內心感到不可思議的表情貼近我的臉看。

察看過時鐘之後，我發現ＭＡＲＩ正好在一個小時後回到家。我忍不住開心地發出高亢的聲音。

「好、好厲害啊，ＭＡＲＩ！妳居然按照時間回來了……」

「我只是很正常地回來了。」

我說完才察覺到不對。連ＭＡＲＩ也用不滿的眼神注視著我。

「你果然在擔心。我都說沒問題了。」

「啊～……不過只有一點點喔。真的只有一點點喔。」

「哦～只有一點點啊。」

ＭＡＲＩ像在扎人的視線，冷冷地傾注在我的身上。這也太不講道理了。是一整片的地雷陣嗎？

我很清楚即使想這些也毫無意義，所以我一邊岔開話題一邊爬起來，隔著沙發跟她面對面。

轉為仰望人的那方的ＭＡＲＩ，使力提起手上拿的購物袋。

「這個得放進冰箱裡才行。」

明明誇口要一個人去購物，卻意外地似乎對於這種雜務沒什麼興趣。

我從她那靠不住在顫抖的雙手接過購物袋，然後對那意外的重量感到納悶。叫她買的，明明不過是些咖哩的材料。

「咦？ＭＡＲＩ，妳好像買了沒有預計要買的東西？」

我這麼一問，ＭＡＲＩ就像在說「就等我這句」那樣雙眼發光。

「沒錯沒錯，有很棒的東西！呃……」

MARI說著用手撐著沙發椅背，身體前傾把手伸進我拿著的購物袋裡。

記得在購物清單應該有一盒蛋之類的。我望著被粗暴亂翻的袋子直打寒顫，就算是MARI也應該懂這點事吧。要是不懂的話，在回程路上應該早就碎了。

跟著只見MARI的手拿起了什麼東西之後，袋子變得驚人的輕盈。我想著是什麼而望向她抓起來的東西，結果忍不住發出了一聲「咦」。

MARI的手上抓著一隻圓潤粗厚的高級魚魚尾。

而且明明是盛夏，卻沒有周到地準備保冰用的冰塊之類的東西。

與宛如釣到以後就直接釋放到購物袋裡那樣生猛魚類的邂逅，令我忍不住發出尖叫。

「哇啊啊啊啊啊啊啊！等等，這是什麼東西？」

「呃，是鰈魚。說是已經處理好了。」

誠如她所言是鰈魚。而且是處理好的松前鰈，這還真是誇張。

MARI嘿咻一聲讓鰈魚平躺在沙發上，她雙手抱胸，相當自豪地抬頭挺胸。鰈魚身上的某種汁液，在沙發上暈開一塊汙漬。

「ＳＥＴＯ，你說要做咖哩（Curry）對吧？不過最近的鰈魚（KAREI）是這樣直接賣的喔。」

原來如此，無庸置疑「完全沒錯」。小學生等級的文字遊戲，直接在我眼前體現了。

「ＭＡＲＩ……妳喜歡咖哩對吧？」

「嗯，我喜歡甜的。」

ＭＡＲＩ點了一下頭。

「可以說明那是怎麼樣的東西嗎？」

「呃，是澆在飯上的東西。」

ＭＡＲＩ說著說著，雙手畫圈比了個大大的圓。

雖然我不明白那是表現咖哩哪個部分的姿勢，但總之我決定當成是盤子繼續聊下去。

「那這個要怎麼弄才能成為咖哩……？」

「唔～用鍋子？」

……用鍋子？

說不定就躺在廚房的深處，但至少就我所知，這裡不存在能把魚鍊成咖哩那樣的鍋子。

不知道該說什麼的我，仰望ＭＡＲＩ天真無邪的雙眼。被她用那樣的眼神望著，我也提不起勁再繼續說些有的沒的。

「……今天就吃鰈魚咖哩吧。」

聽我這麼一說，MARI高興地跳了起來。

「那是什麼！放進兩個咖哩嗎？好像很好吃！」

於是乎我拿起還在平躺的可憐「鰈魚」，為了把牠放進冰箱，舉步走向廚房。

我記得應該還剩一些蔬菜之類的。今後必須達到即使突然變更菜單也能靈活對應才行。

不經意瞧了瞧購物袋的底邊，我發現變得亂七八糟的一盒蛋，我一邊想著那種事一邊在今天的菜單上追加了雞蛋料理。

Children Record -side No.9-

「唔，那就沒辦法啦。嗯，沒辦法了。」

「……咦？」

觸目所及全都染上一片純白的虛擬空間，把我帶著沒出息語氣的「咦？」給吸了進去。

不，不好說。說不定並不是「咦？」，而是類似「嗯咦？」的感覺。

站在床旁邊的他搔了搔頭，隨後用幾不可聞的聲音嘀咕。

「哎呀，所以該怎麼說呢……學長，你在意太多奇怪的事了啦。殺了還是被殺了什麼的……那種事無所謂吧。」

他說得一副無關緊要，在床旁坐下嘀咕：「話說回來，這裡還真是無事可做呢。」

……咦，我剛剛爆料了相當重要的事情吧。

像是ＫＯＮＯＨＡ是我的「能力」啦、殺了ＳＨＩＮＴＡＲＯ的人是我（KONOHA）啦……

怎麼覺得我傳達給他的程度只有「把他借我的書弄不見了」那種等級，這沒問題吧，我再說一次比較好吧。

……嗯，我再說一次吧。

「我、我說！SHINTARO！」

SHINTARO的身體震了下，用「有什麼事」那樣的神情凝視著我的臉。

「呃。我再說一次，希望你能好好聽清楚，沒問題吧。」

「哎呀，我已經聽得很清楚了。你是指KONOHA是學長你的『能力』的事，和我會死掉是因為KONOHA的關係那些事情對吧。」

「咦？啊，是、是啊。」

意外地我想說的事已經傳達到了。他說得過於仔細，反倒令我不知所措。

也許是對我的戰戰兢兢傻眼，SHINTARO發出了一聲嘆息。

「我想起了很多事。諸如來到『KAGEROU DAZE』前做了什麼，為什麼會來到這裡之類的。殺了我的是那個叫『明晰』的傢伙附到KONOHA身上的關係，不是學長你害的。」

「可、可是……說到底是因為我許願『想再次見到朋友』，事情才會變成這樣。要是我打從一開始就沒有許下任何願望的話……」

「她」說了「『能力』會實現持有者的願望」。KONOHA毫無疑問是基於我的願望而誕生，然後遇見了SHINTARO等人。

只要我一開始沒有許奇怪的願，說到底KONOHA就不會誕生，SHINTARO他們也不會喪命了吧。

我至今仍鮮明地記得過去喪命之際那種深不見底的絕望感。我讓重要的朋友嚐到了和那同樣的感受。

那個叫「明晰」的力量，是壞得不得了的傢伙，從KONOHA的雙眼往外看的我，當然也很清楚。即使如此我也不可能會認為「那不是我害的」。

「……喔，那樣的話，這個嘛……」

SHINTARO說完，手握成拳頭「咚」地敲了我一下。

「要是我一開始沒成為學長的朋友，說到底你也不會許下那樣的願望了吧。」

「什……！沒、沒那種事！是SHINTARO的錯什麼的，那種事絕對不可能！」

我身體前傾發出了抗議，相較之下SHINTARO壞心地露出無所畏懼的笑容。

明白了那不是真心話的我，放鬆了握緊床單的手，整個人癱軟下來四肢無力。

「能讓你有『想見面』的念頭，那令人再高興不過了。所以絕不可能是你的錯。」

說著那些話的ＳＨＩＮＴＡＲＯ露出不同於剛才的壞心，而是非常開朗的笑容。

……啊，又來了。

我一直從ＫＯＮＯＨＡ的雙眼觀看外面的世界。

不管是老師說著「你長得跟我的學生很像」時也好，ＨＩＢＩＹＡ和ＨＩＹＯＲＩ遭到「KAGEROU DAZE」吞噬時也好，我什麼都做不到、什麼都說不出口，像個笨蛋一樣。

每當ＫＯＮＯＨＡ與某人邂逅，我就會討厭ＫＯＮＯＨＡ。無能為力又窩囊，什麼都不懂，真的跟我很像……我最討厭了。

即使如此，ＳＨＩＮＴＡＲＯ還是說那種傢伙「是朋友」。直到最後的最後，還在擔心半吊子的「我（KONOHA）」，試圖保護彷彿風一吹就會消失的心靈。

打從告訴他我生病的事的那個夏天開始，ＳＨＩＮＴＡＲＯ的溫柔就一直不曾變過。我總是受到這個人拯救。

「……哇！學長請你別哭啊！我很怕別人哭！」

「咦？啊，對、對不……」

經他一說我才發現，急忙擦擦眼角。只見我的手背都濕答答的。完全是一場痛哭。

「啊啊，流鼻水了！等等，擦的東西、擦的東西！不可能有啊……」

「嗚嗚……」

既沒用又丟臉，我完全沒半點身為學長的威嚴呢。我一邊對自己感到非常傻眼，一邊和眼淚戰鬥，直到雙手都快能流下水滴時，我終於回復了平靜。

SHINTARO放心地摸了摸胸口，隨後雙手疊在後腦杓說著「不過究竟怎麼樣了呢？」開啟了話題。

「雖然說因為死掉了也是理所當然，但我這邊似乎沒辦法為那些傢伙做點什麼……」

SHINTARO的雙眼東張西望，似乎在這一整片廣大的純白之中找尋。

會擔心也是當然的。接受了KONOHA的「目隱團」的大家，現在肯定正陷入慘況吧。一想到那是由於KONOHA引發的……就感到鬱悶。

「……真的是讓人著急得不得了。因為『明晰』占據著KONOHA，完全看不見那邊的狀況。」

「反正就算看得見，也還是無能為力呢。就沒有能從這邊去那邊的方法嗎？」

「也是呢……至少就我所知實在是想不到。」

「KAGEROU DAZE」會吞噬瀕死的人類。然後能再次出去外界的，只有嶄新的生命……寄宿了「能力」的人類。

而且，AZAMI持有的「十種能力」已經找到各自的適合者了。總而言之，依現況而言找不到逃出這裡的方法。雖然不管哪種都像是把從「她」那邊聽來的話現學現賣。

不過假如存在能輕鬆出去的方法，我也聯想不到什麼好事。

被吞進這裡的人們全都是等同於「瀕死」的人。

如果是在生死觀念薄弱的這個世界，甚至能這樣子對話，但即使能以寄宿「能力」以外的方法回到另一邊去，瀕死的事實肯定也不會消失。假設SHINTARO沒有適合「能力」去了外界的話……嗚。我不太願意去想。

「反正死人也不可能方便到能去隨隨便便去探究什麼事。說得好像死人有嘴巴一樣。」

SHINTARO帶著一絲自嘲歪起嘴角。好黑暗啊。我的嘴角抽搐。

就我所見，SHINTARO沒有明顯的外傷，我也一樣，在「KAGEROU DAZE」裡的人類不管在現實中如何，形體似乎會強烈反映出「本人的意識」。

並且意識影響所及，似乎不光是自己的模樣。比方說我們所在的這個純白空間裡，也會反映出我的意識。

這麼說來在這個世界第一次遇到「她」的時候，最初告訴我的就是這件事。

她一出現，我原本純白的空間一下子變得多采多姿。那樣的情景完全奪走了我的目光。

……沒錯。

我會不經意回想起那種事，無非是因為包圍我們的一整片純白，忽然模樣驟變。

橘紅色的夕景，彷彿要融入夜空的藏青色那樣的魔幻時刻。遍布整個空間的純白，真的只一瞬間，就改換上幻想般的天空色彩。

「……咦！」

或許是對於突然間變了樣的情景感到驚訝，ＳＨＩＮＴＡＲＯ差點從床上掉下去。
突如其來的「造訪」，讓我也忍不住張口結舌。
說實話，她總是這麼突然。
接著不知從何而來，響起了樂福鞋的腳步聲。
只見在熟悉的教室木頭地板上，她正好停下腳步的身影。

「呃……好久不見了……對吧？」

可愛的笑容中隱藏著顧慮，在夕照下的學校教室中央，ＡＹＡＮＯ突然出現了。
微風輕拂過敞開的窗戶，她招牌的紅色圍巾飄忽不定。
然後我預料摯友的內心，即將有不可名狀的衝擊造訪。
將他們分開，僅僅兩年的「永遠」，現在確實出現了破綻。

「……才沒那種事。沒過多久。」

嘴上說著很堅強的話，SHINTARO的雙眼所流下的淚水的意義，我並不清楚。

明明是那樣，我這個愛哭鬼的眼睛，卻也同樣冒出了淚水。

……啊，他們兩人是多麼期盼著這一瞬間呢？這肯定是他們夢想過無數次的事情吧。

他們兩人鐵定有一大堆心底話想說吧，我這種人也一起待著感覺很過意不去。話雖如此，也不能偷偷摸摸地消失，啊，真的是急死人了……！

「……話說，你能聽我說一下關於今後的事嗎？」

「喔。首先是關於『明晰』那個傢伙的事……」

嗯、嗯。沒錯，首先要談「明晰」吧。應該一直都很想聊吧，首先就是「明晰」的……

「……咦！」

我的驚呼聲響徹了整個教室。

坐在配置的椅子上，正要展開作戰會議的兩人一副「怎麼了！」的樣子回頭看。

「怎、怎麼了嗎？遙學長，你有哪裡不舒服嗎？」

「就是說呀，學長，你用不著勉強自己，請你躺下吧。」

在「KAGEROU DAZE」中身體狀況沒有好壞，別說叫我躺下了，床鋪在不知不覺間就不見了，能吐嘈的點實在太多了。

「不是那樣！」我揮動雙手很有活力地吐嘈，跟生前大不相同。我的玩笑也很黑啊。

「不，你們兩人很久沒見了吧？呃，該怎麼說，那個……對吧？應該會有類似一大堆話題之類的吧……」

SHINTARO一副「你在說什麼」的樣子，皺緊了眉頭擺出疑惑的表情。

「唔……」另一方面AYANO擺出一副在思考的樣子把手放在下巴上，動不動就望向SHINTARO的雙眼，接著說道：

「……等結束後再說吧。」

SHINTARO也露出一副不太懂的樣子回望AYANO的雙眼。

「總之，要等結束後再說不是嗎？」

總覺得他們兩人的對話內容很無所謂。算了，雖然我也不會要他們聊那種戀愛話題。只是內容實在很乏味，學長覺得有點寂寞啊。

……開玩笑的。

畢竟就連我也明白，現在的狀況沒辦法聊那些事。

就因為明白，如果連認為「最低限度」的一時暢談都沒必要，必須面對的就是現實了。

雖然談不上有時間，但肯定也不到完全沒有的地步。

因為這裡是「KAGEROU DAZE」的裡頭。因為我有「我」和「KONOHA」兩種觀點所以知道，那邊跟這邊時間的流動方式完全不同。

儘管聊了很多、AYANO也出現了，過得很悠哉，然而「這邊的時間」寬裕到絕望。

雖然說我沒看那邊的時鐘，所以有點沒自信。

從SHINTARO來到這裡之後，那邊的時間多半還沒經過一秒鐘。

Summer Time Record -side No.2 (2)-

夜深了，房間響起頗大的水聲。洗完所有盤子的我，仔細確認有降溫之後，將加入鰈魚魚塊咖哩的鍋子塞進冰箱裡。

應該能撐上幾天，但現在是夏季，所以這樣不太好。ＭＡＲＩ似乎挺喜歡的，或許分成小包裝冷凍起來會比較好。

啊，對了。還得想想明天的菜單。由於意外狀況獨獨剩下大量鰈魚，白天得去購物，不然晚上的菜色就會很單一了。這麼說來，打掃浴室用的海綿也差不多快爛了，就順便買一買吧。

家事真要說的話是做也做不完。話雖如此，也差不多該開始打工了，否則就要開始擔憂錢包了。雖然我偏好去關照過我的花店工作，但畢竟那是日班，果然還是找夜班的工作比較好吧。

我思考著有的沒的不習慣的事，忽然間我發現自己正要再洗一次才剛洗過的盤子。好險好險。要是不適可而止的話，我說不定遲早會餵ＭＡＲＩ吃海綿。我將海綿放回固定在水槽的不鏽鋼海綿架上，歇會兒之後走向客廳。

不知怎的不想回自己房間，我舉步正要走到沙發坐下，此時身穿睡衣的ＭＡＲＩ揉著眼睛搖搖晃晃地出現了。

大約一小時以前她就嚷著「我要睡了」進房了才是。怎麼回事，是作了可怕的夢嗎？早在我開口問她以前，便傳來了ＭＡＲＩ帶著睡意的聲音。

「……有我幫得上忙的地方嗎？」

「咦？」

那是很罕見的提議。ＭＡＲＩ不是會主動做家事的那種人，偶爾舉手說要做也只是倒倒茶之類的事。

要說高興確實很高興，但不巧的是沒有剩下那種需要她幫忙的家事。我坦率地露出笑容回應她。

「嗯，我正好做完了，沒關係的。下次要是有需要，再讓妳幫忙。」

「……嗯，我知道了。那我要去睡了喔。」

ＭＡＲＩ說著搖搖晃晃地返回自己的房間。儘管她想睡了，她的腳步看上去還是相當危險，讓我忽然在意起她變短的頭髮。

ＭＡＲＩ不怎麼在意，但她以前一頭及腰的白色長髮，現在已短得碰不到肩了。

即使是男人剪頭髮也會說些類似「變得輕盈了」的話，對體重輕的ＭＡＲＩ來說，那會不會是影響到體幹的變化呢？

儘管我想說些什麼而再次張開口，但在我猶豫不決的期間，ＭＡＲＩ的身影已然消失在門的另一邊。

在關上門的聲響過後，短暫的餘音消失，接著寂靜再次來臨。

獨自一人留在客廳的我，想讓腦袋休息一下閉上了雙眼，然而腦中自然而然地思考起ＭＡＲＩ的事。

傍晚的那件事，老實說也很令我意外。她居然會說要一個人去買東西，這件事應該是頭一遭吧。她至今一直都是光要外出就畏懼害怕，因此她的心境上鐵定有所變化吧。

「變化……是嗎？」

與寂靜相反，我的內心在騷動。

為了不讓內心受到那種預感所困，直到因睏意讓腦袋變得遲鈍為止，我都專心一致地數著秒針的聲響。

＊

MARI的聲音代替鬧鐘傳來，是在太陽就要高掛天頂的時候。

「不行啦！不可以因為沒事做就睡到這時候！」

簡直就像在對兒子說教那樣的措辭，讓我不禁面露苦笑，但畢竟我對於自己睡太久也有所自覺，於是立刻跳了起來。

然後我對於自己馬上魯莽地跳了起來感到後悔。

因為我沒有慎重做好入睡準備就倒進被窩裡，身上的穿著打扮要說是休閒也還稍嫌不足。

我急忙擔心起ＭＡＲＩ的視線，但她本人一副毫不在意的樣子歪歪頭。

我大意了。要是弄個不好讓床單飄落下去，說不定就要鬧出什麼事了。我默默地膽戰心驚，堅定了自己要買長睡褲的決心。

委婉地將ＭＡＲＩ趕出去，我迅速換上居家服走到客廳。

結果昨晚我遲遲無法入睡，在朝陽升起的時候我突然間想起要準備早餐。

我事先弄成只要加熱就能吃，看樣子她確實吃過了。證據就是空的納豆容器倒在地板上。

我將它撿起，當我走到放在廚房的垃圾桶那邊，便跟要前往客廳的ＭＡＲＩ碰著正著。

她手上的托盤並排放著兩個茶杯。冒出的紅茶香味，讓我自然而然綻開笑容。

「早安，ＳＥＴＯ。雖然不早了。」

ＭＡＲＩ說著露出微笑。

雖然我內心一驚，但也回了句「早安」，今天一整天總算也是開始了。

「對了。今天有大會喔。我昨天買鰈魚的時候聽說的。」

「大會？」

我們兩人一起平靜地坐在沙發上，我朝紅茶呼呼吹讓它冷卻下來，忽然間MARI說出了那件事。

大會、大會……一般來想總覺得指的是「大會」，但如果從鰈魚的那件事聯想，也有可能說的是「大海」（註：大會與大海的日語讀音相同）。

話雖如此，正因為是現在這個季節，說到大會的話就是那個了吧。

「喔，妳是說煙火大會的事嗎？」

「沒錯！就是那個！老大說我最好去看看。」

「這、這樣啊……」

她明明是去超市買東西，為什麼會從叫老大的人那裡拿到鰈魚這件事是個謎，不過我大概知道ＭＡＲＩ想說什麼。

望著剛好轉向十一點的時針，我開口提議。

「那我們一起去吧。雖然現在出去還有點太早了，下午去的話，或許還可以逛逛攤販吧……」

我邊想邊說，ＭＡＲＩ一下子表情變得開朗，用要撞上我肩膀的氣勢貼近我。

儘管很慌張想往後退，但我考量到手上的杯子，就只有頭往後仰了。

「攤販？那是什麼？逛逛？很開心嗎？」

「不，那並不是那種類似遊樂設施的東西！該怎麼說呢……像是會賣些只有在那裡才吃得到的東西啦，有能玩奇特遊戲的店舖啦，有戴面具在賣東西的可怕大叔的帳篷之類……」

那詭異的帳篷是什麼東西啊。在說明的同時我感到自己不怎麼了解攤販的定義，說了非常雜亂無章的話。

然而，我笨拙的說明似乎命中了ＭＡＲＩ的好奇心，只見她喘著粗氣說：「那非得去了……」

這麼說來，這或許是我有生之年第一次參加這種活動。

儘管從前曾經被邀去參加爸爸的高中校慶，但說到底光是因為人多，我就打退堂鼓了。

即使如此，我卻自己邀人去煙火大會，連我自己也覺得是樁怪事。真的是只要在這孩子面前，連我自己都搞不懂自己了。

「……等等，SETO。傍晚才去不會有點太晚了嗎？」

「咦？不，要看煙火的話，我認為這時間剛好……」

「可是天色很暗就看不見嘍，有電燈嗎？」

我一瞬間在想「什麼意思」而整個人定格，但隨後發覺已忍不住笑出聲來。

MARI瞧見這一幕，或許是以為被我嘲笑，鼓起通紅的臉頰。

「本、本來就是那樣吧？在暗暗的地方就沒辦法賞花了嘛！」

「啊，抱歉抱歉。MARI妳搞錯了，所謂的煙火是在晚上觀賞的。夜空會像這樣啪的一下綻放出光之花喔。」

「在、在空中……光之花……？」

想必完全無法跟腦中花朵的形象連結起來吧。我一副想要表達「我可沒騙人喔」的樣子，MARI卻露出了困惑的表情。

「我、我是說真的。天黑才能看得清清楚楚，煙火是在晚上觀賞的。雖然馬上就會消失，所以應該說是大家為了不要漏看就聚集起來……」

經我這麼一說，也許是能接受這套理論，ＭＡＲＩ的神情恢復原樣，「嗯、嗯」地輕輕點頭。

確實，試著思考的話，也許是很不可思議的事。

平常只有星星和月亮高掛的夜空，居然會綻放花朵，倘若我也不知道，應該會感到懷疑吧。

像這樣受到她天真無邪的詢問，便能理解到自己盡是依靠著世上的道理啦、常識啦這些東西活下去。

至少在遇見這孩子以前，我是這樣活過來的。

並且大概在未來，我也沒辦法像這孩子這樣活下去。

「……那麼在枯萎以前，我們得仔細觀賞才行呢。」

我對著面帶笑容說出那些話的ＭＡＲＩ，竭盡全力露出笑容回應道。

「說得也是。為了不要忘記，得仔細地觀賞。」

＊

「是飛機雲。」

我受到聲音的影響抬頭望去，望見碧藍朱紅交織的立體天空中，有一條鮮明耀眼的白線。

「總覺得真是風雅呢。」

「風雅？那是什麼？」

「咦？嗯……經妳這麼一問，其實我也不清楚耶。」

無論是纏繞在皮膚上的濕氣，或是刺耳的蟬叫聲，都沒感覺到變弱的傾向。

與即將結束暑假的世間相反，全世界今天也依然是盛夏。

一邊哄著受到各種事物吸引目光的ＭＡＲＩ，我們兩人走在鋪著柏油的堤防上，不急不徐地往河川下游走去。

同樣在堤防上前進的人群中，能零零星星看到有人穿浴衣，那不經意地成為了路標。

煙火大會的會場距離基地並不遠，令人擔心的暑氣到了這個時間，其威力也緩和了不少。

意外地雲量並不多，對於附近的人們所說的「是放煙火的好天氣」這句話，我深感同意點了點頭。

「啊，好像有什麼活動！」

ＭＡＲＩ再次對事物顯示出興趣，她邊說邊指出前進方向。

縱然被面前的橋擋住看不見全貌，但配合彎曲的河川畫出一個巨大圓弧的堤防邊可以看見有好幾個帳篷並排著。

雖然還沒亮起燈光，但看到穿慶典服的男性把類似燈籠的東西移到店前，不管怎樣都會讓人感受到意趣。雖說是煙火「大會」，但那種樣子是典型的「慶典」裝扮。

讓人冷靜不下來的會場氛圍，用聲音、氣味招手讓前來的人們情緒振奮起來。

「還真是立竿見影」——我不由自主望向身旁的ＭＡＲＩ，她的雙眼果然直盯著會場瞧，而為了不要衝出去壓抑走路速度的模樣，總覺得很可愛。

每當一步又一步前進之際，就會陸續增加人影，不久後我們成為龐大隊伍的一部分，終於來到會場的右側。

我牽著腳步不穩的ＭＡＲＩ的手下了石梯，那裡有著一片「夏季慶典就該如此」的情景。

沿著河邊吵吵鬧鬧的攤販屋簷，顏色五彩繽紛綿延不絕。

才剛覺得鼻子受到賣炒麵的攤子釋放出的醬汁香味吸引，巧克力香蕉、蘋果糖等等，外觀漂亮的攤販甜點活潑的色澤又奪走了我的目光。

掛上藍色旗子的刨冰攤旁邊，有像是配合旗子顏色的釣水球池，響起帶有清涼感的水聲。

迷惑著五感的夏季慶典，雖然有在電視還哪裡看過，沒想到竟會如此充滿魅力。

我像是不知所措，覺得腦袋暈暈的，忽然之間身旁雙眼閃閃發光的白髮女孩飛奔了出去。

糟了，果然還是忍耐不了了嗎！

我急忙伸出手，總算是抓住她的後頸，ＭＡＲＩ「咦」一聲發出短促的尖叫。

「啊～～！不可以一個人去啦！要是迷路的話該怎麼辦！」

「ＳＥＴＯ好小氣，有什麼關係嘛！快點把錢給我！」

才剛說完，化為慾望奴隸的ＭＡＲＩ的手就悄悄盯上放在我口袋裡的錢包。

啊，ＭＡＲＩ墮落了呀！

我躲到一步之遙的地方，逐漸拉開距離。

「呵呵……好了，快點給我錢……棉花糖……撈烏龜……」

「嗚……！」

怎麼會這樣……慶典竟能讓人瘋狂到這種地步……！

也因為來到這裡之前有很多時間，於是我輕易給予她關於攤販的知識造成了反效果嗎？

我領悟到在「嘿嘿嘿」盯著錢包的ＭＡＲＩ雙眼中，已經沒有能用道德觀念說動她的餘地了。

但是我豈會輕易將錢包交給她。由於出乎意料的高級魚受到嚴重打擊的我家家計，可說已是風中殘燭了。

當然我也不打算說什麼只能逛逛而已，但將錢包交給那孩子會有什麼下場……

雖然能夠想像，但我保證肯定會變成超乎想像的那種後果。

「不、不然！就這麼辦吧！」

我突然把手掌擺在她眼前，MARI便停下了動作。太好了。似乎還聽得進人話。

「跟、跟我比賽攤販的遊戲。要是MARI妳贏了的話……錢、錢包就交給妳。相對的要是妳輸了，今天就要聽我的話喔。」

「比一場？」

MARI莫名帶點算計的回答，讓我肩膀抖了一下。那皺緊眉頭毫無迷惘的雙眼……那是會獲勝的眼神。

「比、比三場。」

接下來我軟弱的回答。真的是再丟臉不過了。

「……嗯，我明白了。約好了喔。」

MARI的殺氣一下子退去，用一如往常的狀態回到我身邊。

這孩子怎、怎麼回事……不，別想了，幸助。這不是一如往常可愛的MARI嘛。別有用心什麼的，怎麼可能、怎麼可能。

「那一開始要比什麼？可不能耍詐喔。」

儘管想不到攤販遊戲能耍什麼詐，但因為事出突然，我沒特別想過要比什麼東西。

總之先在附近晃晃。

撈金魚……唉，真討厭。把生物當成遊戲對待，讓人覺得有點過意不去。

雖然也有抽籤的攤販，但是單價稍嫌高了點。況且那似乎很難分出勝負……

「……那、那個怎麼樣，MARI？」

我的手指指向一排攤販中，離我們稍微前面一點的黃綠色帳篷。

MARI為了確認，就這麼踮著腳尖蹦蹦跳。照MARI的身高，看樣子是眼前的人群擋住了她的視野。

反正就算她說不中意，只是去看看也沒有損失吧。我牽起MARI的手，一邊繞過人群一邊朝著目標的攤販前進。

「……TANUKI（狸貓）？」

MARI面露疑惑的表情，讀出毛筆字寫的字。

「是『KA』TANUKI（註：出現在日本慶典攤位上的小遊戲，若能用牙籤或針將糖果薄片上的圖案完整挑出，就能得到獎品）喔。」

我們到達的帳篷下，用粗糙的三合板替代桌子，有好幾名少年一臉認真地弓著背。

他們各自手上的粉紅色糖果薄片，分別淺淺刻著應該仿照「船」和「陀螺」的圖案。

少年們大家都同樣使用針或是牙刷等等，設法為了割出那張圖而在奮鬥當中。

「喔，歡迎光臨，小姑娘，今天叫哥哥帶妳來了嗎？」

想必是老闆吧，頭上綁著白色毛巾、身材魁梧的男性，用粗嗓子朝著MARI喊。

哥哥……我是不否認啦，看上去果然是那樣啊。嗯嗯。

「是啊。老大，你今天嗓門也很大呢。」

「老大？」

這個人就是向MARI推銷鰈魚的罪魁禍首啊！

跟我對望的老大擺出一臉像在說「很好吃吧」的神情，露出跟曬黑的肌膚毫不搭，閃耀白色光輝的牙齒。嗯，很好吃喔。雖然用很多香料下去醃了。

「既然對象是小姑娘妳，那我也得大放送一下才行呢。挑個喜歡的給妳，妳從這裡選吧。」

在周遭少年們輕微的喝倒采聲中，我們半是被強行拉進帳篷裡，視線落在老大拿出的圖案表上。

在上頭排列的十幾種圖案中，從一目了然的東西到讓人有點不解的東西，有各式各樣的Q版圖。

儘管每個上頭都沒有標名字，但無論如何重要的是圖案下方標的數字吧。

看起來是「陀螺」，像給本壘板加上頭和尾巴那樣的圖，下面標著一百圓。

在它旁邊像是「澆水器」的圖案是三百圓。在那上頭「葫蘆」形狀的圖是五百圓，記載著各自的價格。

儘管沒有玩過，但「KATANUKI」大致上的規則我曾經從爸爸那邊聽說過。

把這小小的糖果薄片上頭所刻的圖喀喀地弄出來，如果沒有破掉提交給老闆，就會得到與圖案相對應的獎金。

因此這金額與難易度恐怕是成正比的吧。獎金越高就越困難，越低就越簡單的話，跟MARI之間比賽的規則就該考慮把那當成準則。

換句話說就是「看哪邊能賺到更多的獎金？」……嗯，這不是很有趣嗎？

「好～ＭＡＲＩ。那第一場比賽就是看誰能得到更多獎金……話說，咦……」

得意洋洋的我一回頭望去，便看到ＭＡＲＩ已經就坐，單手拿針開始喀喀地削掉「鬱金香」圖案的糖果薄片。

「ＳＥＴＯ，你安靜一下。」

ＭＡＲＩ看都不看我一眼吐出冷酷的話語，她的表情正可謂是認真兩個字。

「……話說小哥你想玩那一塊？」

「咦！啊，呃，那就這一塊謝謝。」

接著我指向「船」，付了兩人份的錢，坐在被用來代替椅子的塑膠酒箱上。

懸掛的裸燈泡所照亮的帳篷內部，比起從外頭看的印象要來得亮多了。進店裡之後我才察覺到，外頭的太陽已經漸漸下山。

「拿去，是這個吧。我剛剛稍微聽到了，你們是要比賽來著？年輕人就喜歡這個呢！大叔我會好好盯著，不會讓你耍詐。」

「啊哈哈，還請手下留情。」

我的視線從老大一口白牙閃閃發亮的臉上別開，就這樣窺視著坐在身旁的ＭＡＲＩ手邊。

「鬱金香」確實是很有她風格的選擇，但它的難易度恐怕不低。

畢竟「鬱金香」所標的金額是六百圓。考慮到是剛剛少年苦戰的「陀螺」的約六倍，要攻克應該需要不少技巧吧。

相對的我所選擇的是兩百圓的「船」。

儘管在金額上輸了，但MARI六百圓的「鬱金香」沒完成的話就是零圓……換句話說，我應該算是踩在務實的線上吧。

「好詐！」傳來少年們喝倒彩的聲音。吵、吵死了，我知道啦。我也沒辦法啊，因為缺錢。

總而言之，不開始刻就什麼都不用說了。我用手拿起附近的針，像要開戰那樣開工。喀喀喀地在沿著刻得淺淺的圖案慎重地移動著針。原來如此，哎呀，這可真的好像會上癮。

在旁邊看可能不了解，但是這塊糖片非常脆弱。只要施加的力氣大小稍微不對，就會輕易折斷了吧。

太過用力會破掉，要是太放鬆注意力又無法持續，在某種程度的緊張感之中，我專注一致地移動著針……

從周遭傳來像是壓低聲音的小小歡呼聲。

我不由自主地瞧了瞧旁邊，嚇了一跳。ＭＡＲＩ從「鬱金香」上把不需要的糖片幾乎都剔掉了，不知不覺間終於達到了只要再拿掉一片就能過關的地步。

ＭＡＲＩ集中精神的側臉有如刀刃的刀鋒一般凜然，銳利的視線持續望著手邊的鬱金香，那副模樣簡直像個木匠。

糟、糟糕，我完全大意了。

我知道ＭＡＲＩ的個性似乎很熱衷於家庭代工，沒想到會在這種地方發揮出她的才能。

另一方面我的「船」還處於「船帆附近的線條似乎有點穿透了吧～」的階段，還沒有半點能航向大海的樣子。

不，說到底只要ＭＡＲＩ的「鬱金香」完成，即使完成了這種「船」也毫無意義。是誰選了這兩百圓的破船？是我。

啊，「鬱金香」剩下的那一片，也只差一點就要被割下來了……鬱金香……船……鬱金香……

啪。

「啊。」

只剩下我蠢蠢的聲音，帳篷包圍在一片鴉雀無聲的寂靜之中。

少年們的視線集中在我和ＭＡＲＩ身上，他們的面前有慌了手腳，慘遭攔腰折斷的「船」帆。

……還有讓花瓣漂亮綻放，ＭＡＲＩ的「鬱金香」。

哇啊！

幾乎就在同時，ＭＡＲＩ和少年們發出了歡喜的聲音。

只見老大也大大露出他的白牙，啪啪啪地為ＭＡＲＩ送上讚賞的掌聲。

解除了緊張感的我，望了下沒能完成的帆船發出冷笑。

我可以說是徹底地、完全落敗了。

「快、快看！ＳＥＴＯ！是我贏了對吧？」

「哇啊！小、小心點！趕快交給老大！」

單手拿著鬱金香，感覺現在就會跳起來的ＭＡＲＩ，我壓著她的肩膀，將鬱金香送到老大那邊去。

老大「嗯」的一聲重重點了下頭，隨後從收錢用的塑膠盒裡拿出六枚一百圓硬幣，用像在贈予獎盃那樣子的誇張動作交給了ＭＡＲＩ。

「好久沒看到『好作品』了。雖然哥哥似乎有點耍詐呢。」

哈哈哈，不用你多管閒事。

就這樣第一場比賽，以ＭＡＲＩ的徹底獲勝作收。

之後我靜靜望著ＭＡＲＩ花了點時間傳授少年們「訣竅」，接著為了尋找下一個攤販，我們離開了「KATANUKI」的帳篷。

在勝利的餘韻推波助瀾之下，ＭＡＲＩ的腳步也變得輕盈，我在後頭像用追的一樣繼續前進。

「嗯～好好玩！居然有那麼有趣的店，煙火大會好棒呀，ＳＥＴＯ！」

ＭＡＲＩ轉過頭，雙手放在身體前方握緊成小拳頭，發出心情極佳的聲音。

「哎呀，我也沒想到妳會那麼樂在其中。妳要是那麼喜歡，再多玩一下也沒關係喔！」

我裝成無所謂的樣子說完，ＭＡＲＩ用一副像是「那招可沒用」的模樣短短回了我一句「不了，沒關係。我們約好的」。

嗚……

KATANUKI很便宜，也能打發時間，因此我還覺得「這個好！」。但這孩子果然在這種地方很精明。

算了，我也沒打算對許下的約定反悔，於是重新振作起來尋找下一個攤販。

不過我作夢也沒想到，第一場比賽就嚐到敗北的滋味。為了不要讓她不開心得適當地手下留情，懷著那種天真想法的過去的自己真是可恨。唉，為什麼沒有深思熟慮就許下了那種約定呢？

話雖如此，既然事情變成這樣，唯獨在下一場比賽中輸掉這件事，絕對不能發生。

家計若是繼續受到打擊的話，真的從明天開始就要過舔味噌的日子了。當然，ＭＡＲＩ也不例外。

就算是為了ＭＡＲＩ，下次也一定要爽快地贏過她……

我反覆思索著這些事，牽著ＭＡＲＩ的手漫步走向熱鬧的會場。在這種人潮中閒晃，幾乎是我有生以來第一次的經驗，但或許是拜身高所賜，我並沒有什麼困擾的地方。

視野也很廣，能看到大多數的攤販。有沒有什麼讓人迸發靈感的攤販呢……

「那是什麼？」

我不禁停下了腳步。

前進路線上右斜前方的視野中，突然出現了格格不入的貨櫃屋。

儘管顏色與裝潢不同，但跟大多數的攤販一樣搭有帳篷，由於巨大的貨櫃有如理所當然一般占據了行列，要說異樣也確實很異樣。

仔細一看，貨櫃牆面上的迷彩圖樣是用噴漆塗裝上的，簡直就像從哪裡的戰地被突然召喚過來的坦克那種樣貌，完全沒有任何一點風雅可言。

「那、那是什麼店啊，咦……咦！ＭＡＲＩ！」

就在我的目光受到貨櫃屋吸引的一瞬間空檔，ＭＡＲＩ的身影忽然間消失不見了。

該不會又受到什麼東西吸引，跑到哪裡去了吧。糟了，要是在這樣的人潮中走失，連手機都沒帶的那孩子，要找到她的方法根本……

我的心臟怦怦狂跳，全身開始流起冷汗。

應該還沒走遠。總之得趕緊找到她……

「……敬禮！咦，有點不對？……敬禮！」

找到了。

在那個迷彩貨櫃屋前，ＭＡＲＩ跟身穿迷彩裝的兩名男性，看上去好像很開心的樣子。

ＭＡＲＩ剛剛是說了「敬禮」吧。然而她的姿勢不管怎麼看，都像是傻瓜殿下（註：日本諧星志村健的經典搞笑角色，會發出「Ａｉｎ」的叫聲並做出手臂平舉內彎的搞笑動作）不斷在做那個經典笑哏的姿勢。

「哎呀，只差一點就行了。再增加一點角度……嗯！就是這樣！敬禮！」

那兩名男性一面熱心指導ＭＡＲＩ的姿勢，一面俐落地做出帥氣敬禮，恐怕就是那個貨櫃屋的老闆吧。雖然似乎不是壞人，但不論服裝或是態度，果然完全不合時宜。

「那、那個～……不好意思，我們家的孩子似乎打擾各位了……」

雖然不是刻意為之，但我登場的方式不知怎的像是個監護人。發現我的ＭＡＲＩ則悠悠哉哉地向我招手說：「啊，ＳＥＴＯ，這邊這邊。」

「哎呀！是這位小姑娘的哥哥嗎！我還擔心她是不是跟同伴走失了！」

縱然我看不出他有在擔心的樣子……我是否該相信這是他們讓人看不出來的關心方式呢？

「沒錯，我才一下沒注意人就不見了。哎呀～哈哈……來，ＭＡＲＩ我們走吧。」

我唰地一下立刻轉身。嗯，最好不要跟這樣子的人們牽扯太深比較好。帶上ＭＡＲＩ趕快走吧。就這麼辦。

於是我握住了ＭＡＲＩ的手，就在我的雙腳要踏出去的那一瞬間，卻遭到一股神祕的立定力量阻止。一回頭，只見ＭＡＲＩ用手「嗯、嗯」地指向迷彩貨櫃屋，試圖向我傳達些什麼。

我看見在貨櫃的門上頭，釘上似乎經過復古加工的誇張招牌。

上頭寫的應該是店名吧。因為在黑色的招牌寫上紅字很難看清，但幸虧太陽還沒下山，能勉勉強強讀出來。

「耳機ACTOR——舞姬的歸還——」。

……？

「他們說這裡是『耳機ACTOR』喔。SETO，就在這裡比下一場比賽吧。」

「咦咦咦咦咦咦咦咦咦咦咦咦咦咦咦咦咦！這絕～～～對是奇怪的店啦！應該說根本不知道是什麼店家！不，一定是一間恐怖的店。MARI妳不是對恐怖的東西沒轍嗎？對吧！對吧！」

「今天沒問題。可以。」

「兩位客人進場了！敬禮！」

「敬禮！」

「啊啊啊啊啊啊啊啊啊啊啊啊啊啊啊啊啊啊啊啊啊啊啊啊！」

＊

「……所以，這是個簡單的射擊遊戲。要是不了解操作，就替你們重新說明。」

「啊，好的。」

意外地很正經。

我們一步一步穿過的貨櫃屋裡頭，似乎附有簡易的冷氣裝置，相較起外觀，意外是個為客人著想……不對，是個很貼心的空間。

暖色LED燈照亮了仔細糊上縫隙的室內，有種宛如私人包廂的風情。

因為外觀是那副德性，我還害怕裡頭會是一片怎樣瘋狂的世界，但看樣子是我杞人憂天。丟了不必要的臉。

「……SETO，膽小鬼。」

也許是看到我剛才慌張的樣子，MARI以滿懷失望的眼神瞥了我一眼。

「我、我也沒辦法啊。這種前所未見的攤販，一般來說都不會隨隨便便走進去……」

「真是的～明明沒玩過的東西比較有趣呢～」

MARI噗的一下鼓起臉頰，喀鏘喀鏘地玩起手上的搖桿。

據了解，這個「耳機ACTOR」好像是對戰型的射擊遊戲。

在並排坐下的我們面前，各自有個黑色的高腳桌，上頭放著我想應該是電視遊樂器用的無線搖桿。

然後正面懸掛著簡易投影布幕，似乎是用設置在後頭的投影機投影出影像的系統。

儘管並不怎麼符合對於「慶典攤販」的印象，但最近也經常有這種攤子吧。雖然我沒什麼聽說過。

不過先不論外觀，身穿迷彩服的他們，都是些很隨和的人。

據說他們平常都在當地各自從事工作，但無論如何都無法忘懷幾年前遇到的這款遊戲，終於在這次的祭典如願以償地出來擺攤。

雖然遊戲紀錄檔聽說是借來的，但有確實經過持有者的同意。

因為他們講得很高興，我們也自然不會覺得厭惡。

但是操作說明有一半都是那種話題，我真是有點服了。

「只要敵人一來就按下去，只要敵人一來就按下去……」

ＭＡＲＩ把身穿迷彩服的他們所做的說明，用自己的方法解釋並複誦。

啊，ＭＡＲＩ果然很可愛。不過真令人悲傷，現在的我們是敵人。

我拿起放在桌上的搖桿確認手感。真的好久沒有玩過電視遊樂器了。因為爸爸喜歡，所以我們一家人曾經一起玩過遊戲，可是姊姊強得不像話，所以沒什麼愉快的回憶。

即使我偶爾想說跟ＫＡＮＯ「來玩一下吧」，也許因為我們兩個的個性都不太在意輸贏，總是在中途就無疾而終。

就算回想起來也找不到獲勝的記憶，但就算這樣也不改我「有經驗」的事實。

既然會在慶典會場擺攤，也就代表應該有調整成適合大眾的內容，想必也不會出現大幅落後這種事情吧。

以沒玩過遊戲的ＭＡＲＩ和我來說，肯定是我比較有勝算。我會贏。我要在這場比賽中獲勝……唉，怎麼覺得自己成了個非常卑鄙的傢伙。雖說確實是如此。

「那麼兩位準備好了嗎？」

最後一次確認的聲音，沒想到竟令我心臟狂跳。

「嗯，隨時都沒問題。」

「我、我也是隨時都能開始。」

就這樣室內的燈光消失，布幕上終於投影出遊戲的開始畫面。

在「耳機ACTOR」這個遊戲標題的後頭，浮現出詭異的城市風景的輪廓。

各自按下開始鈕之後，就出現選擇難易度的畫面了。

「……呃，這該選那個才好呢？」

「哈！只要選擇你們喜歡的就可以了！順帶一提我自己的推薦是……」

嗶！

隨著悅耳的音效，畫面暗了下來。

咦？我還沒做任何操作，難易度就選好了，這代表……

「那麼要開始嘍。集中精神。」

果然是這孩子啊。她是獵人。MARI露出獵人的眼神。

我急忙重新握好搖桿，「遊戲開始」的文字令人印象深刻……忽然之間，數量驚人的敵人，把畫面擠得滿滿的開始橫衝直撞。

「嗚嗚嗚嗚哇啊啊啊！這、這是什麼！這是什麼啊！」

即使我拚了老命狂按按鈕，舉著槍亂射一通，畫得很花俏的「敵人」們輕輕鬆鬆地就用輕盈的身手陸續躲開子彈。

接著它們飛快地逼近眼前，用跟那花俏外表完全不相稱的銳利尖爪，唰唰地陸續對我操縱的角色造成致命傷害，可以說除了恐怖以外已經沒有其他能形容的了。

別說大家都能玩，根本是大家都會被殺死的殘忍無情難易度，在我口吐白沫的時候，旁邊還傳來「最高難易度的刺激感如何啊！」那樣悠哉的聲音。你說得對，是最強的刺激感呢，可惡。

可是我都已經這麼狼狽了，MARI的遭遇應該更悲慘吧。

雖然對於雙眼離開自己的角色感到不安，但反正我也只是拿著射不中的槍在砰砰亂射，於是我置之不理，望向MARI那邊。

從中央分隔開來的對戰畫面的左側，MARI的戰鬥畫面中，該怎麼說，發生了相反的悽慘事件。

「停、停下來了～～……」

理應朝著MARI猛衝的敵人們，大家都同樣停下動作，隨著MARI「嘿咻、嘿咻」的低聲吆喝，持續被射穿腦袋。

無法逃走、也無法爭論，只能發出「啊啊～～」的悲慘叫聲死去的敵人們的身影，可以說只能用可憐來形容了。

「嗯，是故障了嗎？」

「是怎麼回事呢？不過這也是種樂趣。」

啊，能讓你們感到有趣真的是太好了。真的很對不起。

接著在我發呆的期間，切進畫面裡的「Finish」字樣宣告了戰鬥的終結，戰績就用不著說了，有著天差地別般的差距。

「呼。咦，SETO？好、好像差太多了呢……」

MARI喘了口氣之後那樣說，很內疚似的嘴角抽搐。看樣子她似乎有所自覺。

「MARI～……妳用了『能力』吧。我知道喔。喂，妳認真看著我。」

「我、我沒有耍詐喔。真的啦。」

但是MARI完全不打算看我這邊。真是的，這麼倔強是像到誰啊。

儘管光從結果來看是MARI的第二場勝利，但再怎麼想這都有爭議。

話是這麼說，但也不能在這個貨櫃裡繼續爭吵，因此我站了起來。

「唉。總之我們到外面好好聊聊。真是的，居然把『能力』用在這種事……上……」

對戰結束畫面消失，不知不覺間布幕上顯示出以「排行榜」為名的名單。

在No.1的條目中，由於打出完美戰績，恐怕會有MARI的名字。

然後我看到排在她之下的幾個名字，頓時語塞。

No.1 MARI

No.1 SHINTARO_K

No.3 ENE_

No.4 KIDO_

No.5 HARUKA_K

・

・

・

「怎、怎麼了，ＳＥＴＯ？你沒事吧？」

直到ＭＡＲＩ浮現出很擔心的表情往我這邊跑之前，我都沒有辦法呼吸。

突然遭到強烈的暈眩感侵襲，心臟像要爆開似的怦怦直跳。

為何？為什麼這裡會有他們的名字？

這是偶然嗎？還是在警告「想要忘記」的我呢？

「對、對不起啦！我、我真的耍詐了。所以你生氣了對吧？喂，ＳＥＴＯ……」

我沒有回答MARI的話，接著粗暴地抓起她的手飛奔到了貨櫃外頭。

儘管穿迷彩服的人的聲音從後頭傳來似乎很擔心的言語，但我實在無法回頭。

「SETO！這樣很危險！你走慢一點……」

總而言之我想離開這個地方。我撥開人群，胡亂朝著無人的地方走去。

可惡……難以前進……

腦袋裡浮現出「他們」的臉孔。大家都如同在嚴斥我般，用毫無生氣的眼神望著我。

不對，這是我的想像。不能被束縛住。我已經決定要忘記了。

總而言之我要前進，大家太礙事了，我明明得趕快、趕快逃脫才行……

『那是什麼……發生什麼事件了嗎？』

「……！」

……我聽見了「聲音」。

我剛才確實聽見了。

『哇，那個人臉色超糟的……誰去叫警察來吧。』

住口。

『真的假的，我今天明明是第一次約會，也識相一點吧。』

吵死人了、吵死人了……

『實在是少得意忘形了。真的是哪裡都有呢，那種不替別人著想的傢伙。』

吵死人了！住嘴、住嘴、住嘴！

我的右腳跺地跺到發痛。

我無法抑制「能力」突然迸發。不僅如此，「竊取」還收集前所未有的眾多「聲音」，隨意地在我腦中一一列出。

我驅使就要裂開的腦袋全速運轉，總之就是向前邁步。

快逃。只能盡快逃到沒有半個人的地方。

帶上ＭＡＲＩ，盡可能逃得更遠……！

『好厲害～明明在這麼擁擠的人潮中還能奔跑，他的腦子是不是有問題啊。』

奔跑。

『等等，那傢伙剛剛撞到我了。居然一句抱歉都沒說，真的給我去死吧。』

一心奔跑著。

『哇，他的表情看起來超拚命的，好好笑。他在想什麼啊，都暴露是「一個人」來煙火大會的事了……』

……一個人？

「……痛！」

要踩下的腳步感到迷惘，絆到之後，我迅速前進的身體用力地撞到地上。

疼痛、喘不過氣還有籠罩著我宛如劇毒那般的「聲音」，使得我忍受不住發出了尖叫。

嘲笑、蔑視、厭惡和毫不在乎的殺意，從四面八方飛進我的腦子裡，攪動我的腦髓。

寄宿著那個令人太過痛苦的「能力」的眼球，我一邊壓制住想挖出它的雙手，一邊想辦法站起來環顧這一帶。

人、人、人。我在注視著自己一大片的疑惑表情中，一個勁兒地東張西望。可是……

「沒有……！」

我確實握住了她的手。我也沒有感覺到她放手。即使如此，為什麼ＭＡＲＩ不見了？

就算我抱著拚死的想法將意識集中在這附近的「聲音」，卻無論如何都唯獨找不到ＭＡＲＩ的「聲音」。

是我聽漏了嗎？怎麼可能。我不可能會聽漏那孩子的聲音。

……假設是ＭＡＲＩ「消失了」的話？

「……不對。」

沒錯。MARI沒有使用。MARI她沒有發現。MARI使用了「KIDO的能力」，怎麼可能會有那種事。

不行，別想了。別回想起來。都已經決定要忘記一切了不是嗎？

所以拜託，拜託千萬別回想起來……

響徹黃昏的那些「聲音」，簡直就像蟬叫聲一樣響起輪唱。

猶如活地獄一般的世界中央，唯獨對於那孩子的思念，能讓我勉強繼續保持思考。

MARI、MARI、可憐的MARI。

什麼都辦不到也沒關係，什麼都記不得也沒關係。只要我做到所有她辦不到的事就好。

只要那孩子能永遠不變，永遠像現在這樣待在我身邊，我便再也沒有任何願望。

只要能讓那孩子不感到悲傷，我會成為騙子、成為罪人。

虛偽也好、幻影也罷，處處破綻的這個日常生活，我會永遠持續下去。

不論是長髮、消失的同伴還是這個夏天的記憶，為了那孩子我都會忘記。

我說，蠻不講理的神明，只有您察覺到了吧。

多年以來，我早已把蟬叫聲跟同伴們的聲音相互重疊。

我從很久以前就知道「他們」無法度過夏天。

所以我不再迷惘。我要將您不負責任放棄的這個「未來」，全都獻給那孩子，我已經決定好了。

絕對不會讓那孩子孤獨一人。那就是我的「幸福」。

Children Record -side No.7-

倘若「沒忘記」是「回憶」的前提條件，那麼忘記了的「回憶」該怎麼稱呼呢？

關於險些沒能拿回來的「記憶」，我沒有對任何人說，而是反覆思索著。

無論是令內心愁緒萬千的「別離」也好，宛如奇蹟一般的「重逢」也好。或是抱著拚死的覺悟伸出了手的「未來」也好，不管再怎麼重要的時刻，一旦忘記就一點意思也沒有了。

所謂的「忘記」，是就連寂寞都不會留下。會宛如從一開始就不存在那樣，被遺忘的記憶會連「回憶」這個名字也捨去，徹底消失無蹤。

我發自內心覺得沒道裡。無論曾經多麼喜愛，也沒辦法對記憶設置柵欄。真正忘記了的「回憶」，會連想要憶起的動機都忘記。

沒錯，我們一直都在「不斷忘記」而走到這一步。踐踏想不起來的記憶屍骸，不自覺地前進。

唯有那件事，但願我不會忘記。

「……喂～你醒著嗎？」

籠罩在一片橘紅之中的教室裡，響起粗神經的聲音。

坐在靠窗最後一排的位子上，我眺望著在太陽即將下山的天空下宛如立體透視模型的街景，將視線投向聲音的來源。

ＡＹＡＮＯ受到夕陽照耀的臉龐，從前一個座位直直地盯著我瞧。

在生死含糊不清的這個世界，說到底是否有「睡覺」這個概念我非常疑惑，這難道是玩笑嗎？

不，很難說。這傢伙似乎什麼都沒想。

「哪有人會睜開眼睡覺啊。」

我粗魯地說完以後，視線再次投向窗外的街景。視野的一角ＡＹＡＮＯ縮成小小一團不動。

望見那副模樣，看來ＡＹＡＮＯ也稍稍察覺到了。

雖然我無意欺負人，但老實說，我現在有些煩躁。

「難、難不成……你是為了我沒跟你商量的事在生氣？」

ＡＹＡＮＯ戰戰兢兢動了下身體，抬眼向上看著我說道。

「……什麼事？」

「呃，像是我沒跟你商量過，就一個人跑來這裡……之類的。」

即使說完話低著頭，ＡＹＡＮＯ也還在偷瞄我的臉色。

……嗯，她差不多都猜對了。

至少我也並不討厭這傢伙。

總覺得她似乎很仰慕我，教她功課應該也不只是一次兩次的事了。

當然我跟這傢伙是男人和女人，各自都會有一兩個祕密自不在話下。

如果只是那樣倒沒關係，但朋友之間面對巨大的困難之際，要保持彼此互相依賴的關係，我之前完全是這樣想的。

但是啊……

哎呀～從目隱團的那些傢伙那邊，不斷地冒出跟這傢伙有關的，從未聽說過的事！什麼獨自一人調查了關於「明晰」的事、什麼弟妹所有人都是「能力者」、為了證明試圖單槍匹馬闖入「KAGEROU DAZE」之類的，越是挖掘越是有一大堆聽都沒聽過的事情。

不，我並不是因為她對我隱瞞覺得不甘心，或是想對ＡＹＡＮＯ的事追根究柢了解得一清二楚，不是因為那種事，絕對不是。

雖說是有苦衷，但用不顧自己的魯莽方法去做，這件事令身為朋友的我相當憤怒。

我瞥了一眼，ＡＹＡＮＯ對我的眼神有所反應，忐忑不安地縮起身體。

可惡……居然做出像小狗一樣的動作……！

我的良心絕不能讓她有機可乘。這兩年來，我因為這傢伙究竟有多心痛啊。

如果是隨便的男生也許會態度驟變原諒她，但ＳＨＩＮＴＡＲＯ先生可不是會因為這種程度就屈服的溫和派。在那一點上，ＳＨＩＮＴＡＲＯ先生可是很嚴格的。

「……算了，畢竟情況特殊。事到如今就算責備妳也無濟於事。」

實屬遺憾。SHINTARO先生是會因為女孩子忐忑不安，就態度驟變原諒她的人。

或許是滿心以為會挨罵，AYANO整個人愣住了，接著露出似乎帶有歉意的淺淺苦笑。

「你還是那麼溫柔呢。就是這樣你才會來這裡喔，SHINTARO。」

「囉唆。你們也是半斤八兩吧。」

匆匆結束腦內鬧劇，我用惹人厭的話把令人羞恥的氣氛敷衍過去。

打從遭到「KAGEROU DAZE」吞噬之後，體感上的時間過了大約一天。

話雖如此，但在不會想睡、肚子也不餓的環境之中，還依賴體感這種東西也沒什麼意義吧。

據遙學長所說，外面跟這裡的時間流逝似乎差異頗大。

聽到ＨＩＢＩＹＡ說「不斷重複著同一天」那種話，我就大致上預料到了，果然是沒有理論與常理可言的世界。這裡是脫離常識的世界，這一點似乎沒錯。

「不過我真的嚇了一跳喔。沒想到ＳＨＩＮＴＡＲＯ居然會跟大家一起戰鬥。」

「對那件事最意外的人就是我自己。為了別人辛苦忙碌瞎操心。還真不像我……」

「不，不是的。雖然我也不知道為什麼，但我一直覺得事情會變成這樣。我想ＳＨＩＮＴＡＲＯ會為了保護大家而努力吧。」

ＡＹＡＮＯ最後還補上一句「所以先前我才沒對你說」，靦腆地笑了。

她有預料到我會投身戰鬥的事？

不過既然ＭＯＭＯ是「能力者」，我會被牽扯進來也並非是完全不可能的事，話說回來這傢伙理應不知道ＭＯＭＯ是「能力者」才是。

如果是這樣，對這傢伙來說我就更是個「毫無關係的人」了，竟然能預測到事情會變成這樣，我沒辦法立刻相信。

嗯，等一下喔……啊哈，該不會是——

「難道那是在安慰我這個『無能力者』嗎？」

不知道是什麼因果關係，念高中時一起行動的那夥人，每個人都成了「能力者」。然而只有我還是個徹底的普通人。

我並不覺得羨慕，但在四個朋友之中只有我一個人沒有得到「能力」，這傢伙該不會是覺得我很可憐吧。

但是對於我帶著嘲諷的言語，ＡＹＡＮＯ連連搖頭回應我。

「我、我是說真的喔！我甚至夢到你在戰鬥的夢耶！」

「哦，那是怎樣的夢？」

「呃，就是ＳＨＩＮＴＡＲＯ你像這樣帥氣地站在大家面前，擺出一個帥氣姿勢。全身穿著紅色緊身衣，以夕陽為背景說出『讓你們久等了！我就是稀世的超級英雄！』，把手上帶著鎖鏈的鐵球嗡嗡地……」

「等一下等一下等一下等一下！那種傢伙也太變態了吧！跟『能力』一丁點也沒關係啊，話說回來，那根本完全沒實現啊！」

ＡＹＡＮＯ半陷入幻想狀態想像著揮舞鐵球的我，忽然回過神來。

「真的耶。哎呀，是另一個夢嗎……」

「不，妳是作了多少關於我的夢啊。」

我居然在這傢伙的腦中，穿上各種變態服裝大顯身手，實在讓人不快至極。

然而當事人ＡＹＡＮＯ卻莫名臉紅說著「我、我也許夢了挺多次的」那種令人毛骨悚然的話。

「可、可是，既然有許多眼睛的『能力』，擁有類似能理解未來的力量也不奇怪不是嗎？」

「反正事到如今不管出現什麼我都不會驚訝了，妳就是那個『能看到未來』的能力者嗎？」

「怎麼可能！我的完全不是喔！」

像在堅決表達不是那般，ＡＹＡＮＯ乾脆地雙手交叉。

「既然如此妳的那個理論不就失敗了！別想把盤踞在妳腦中的我給正當化。首先給我脫下全身緊身衣。」

「咦！脫下全身緊身衣就會沒了帥氣的地方耶……」

「咦，那說穿了根本不需要是我啊。」

……我累了。

啊，我想起來了。就跟和ＥＮＥ說話時一樣，跟這傢伙講話需要花費很大的功夫。

簡直就像是為了「說話」而說話，那樣內容空洞的對話……這種論調，死了以後依然健在，實在可怕。

不過跟那時候不一樣，應該不全是內容空洞的對話吧。

確實就算死了，對於外面世界的戰鬥，這傢伙仍然擔任重要的角色。證據就是這傢伙剛剛說了些我在意的事情。

我一邊祈禱這不會成為毫無意義的對話，一邊開口。

「妳剛剛說過妳的『能力』不是看見未來的力量對吧。」

「啊，嗯。我說了。」

「那妳是得到了怎樣的『能力』啊？」

……一陣沉默。

「……啊，對了！我得說那件事！」

椅子突然發出嘡的一聲，ＡＹＡＮＯ以激烈的氣勢站了起來。

「呀！」

隨後誇張地嚇了一跳的我，在發出詭異叫聲的同時向背後倒下。漂亮地用力撞到後腦杓。如果這裡不是「KAGEROU DAZE」就是普通的過失致死了。

「哇！抱歉、抱歉！關於你說的『能力』的事……」

「稍、稍等一下，妳節奏太快了，起碼讓我把椅子扶起來。」

我連忙從地上爬起來，喀噠喀噠地把椅子重新立起。

才剛要開始正經對話，就耗費了這麼多心力。大概聽完的時候，我的精神會損耗殆盡吧。

「話說──」

「喔。」

振作起精神，重新展開對話。

「我想大概從我來到這個世界……來到『KAGEROU DAZE』時說明起會比較好吧。」

「喔。妳有好好說明的自信嗎？」

「不、不怎麼有……但我會加油。」

有那種志氣很好。我就來聽聽吧。

「是我那一天……我從屋頂啊，那個之後當天的事情。」

「……等、等一下。妳可以別用那種方式說話嗎？感覺太輕浮了，怎麼說……」

「真是的～難得我感覺說明得還不錯耶！閉上嘴聽我說！」

ＡＹＡＮＯ啪的一聲輕輕拍了下桌子。被罵了。於是我閉上嘴聽她說。

「那天我進入『KAGEROU DAZE』之後就立刻……遇見了叫『ＡＺＡＭＩ』的女孩。」

……ＡＺＡＭＩ。是創造出「能力」的起源者，也是在「明晰」的計謀中最初的受害者。

儘管我不知道將「能力」轉移給外面的人們之後，ＡＺＡＭＩ本人變成怎樣了，所以她仍舊保有意識留在「KAGEROU DAZE」裡嗎？

我不認為ＡＹＡＮＯ會故意說謊。既然說見過，就是那樣了吧。

「她非常虛弱。先前一直是靠給了貴音學姊的叫『覺醒』的力量才總算能以精神體持續存在，但是那似乎也到了極限。」

「原來如此啊……榎本變成了ENE，是在那之後的事啊。」

「沒錯沒錯。哎呀，貴音學姊也該怎麼說……變、變得很開朗了對吧？」

也許是出於對學姊的尊敬，AYANO開口時似乎極力慎選用字，但嘴角的抽搐果然還是掩飾不了。高興吧，榎本，可愛的學妹有仔細看著妳喔。

或許是注意到我在賊笑，AYANO說了句「那、那件事先不管！」，接著用先暫且擱置的感覺繼續說下去。

「儘管AZAMI的身體和精神都消失了，但她最後還有一個持有的『能力』。那就是給了我的『能力』。」

AYANO說著用手指向了眼角。

「最後一個……連我也不知道呢。」

記載在AZAMI日記中的「十種能力」，裡頭幾乎都有提到並附上名稱。但是我不管數多少次，上頭也只有九個名字而已。

那九種「能力」，符合在外面的人所寄宿的「能力」……換句話說寄宿在AYANO身上的是「日記上沒記載的『第十個能力』」。

ＡＹＡＮＯ用抵著的手指咚咚敲著，猶豫了一下之後開口道出：

「這是有點奇怪的『能力』。該說跟其他的『能力』性質有點不同，或該說是從ＡＺＡＭＩ的『心』創造出來的『能力』嗎……如果說是從『想要傳達』的心情創造出來的力量，你能明白嗎？」

「不，我完全不懂。」

「……說得也是。」

「唉～」ＡＹＡＮＯ重重嘆了口氣。哎呀，就說明能力很差的妳而言，很努力了喔。

「……啊，對了。不然這麼做就可以了吧。」

……一瞬間——

ＡＹＡＮＯ帶著褐色的雙眼，宛如配合著晚霞的色彩那般帶上了深橘色。

是已經見過好幾次的「能力」發動。ＡＹＡＮＯ的雙眼中完全不存在其他的「能力」所釋放出的那種「威嚇感」。

「我想這樣你大概最容易理解……你願意接受嗎？」

ＡＹＡＮＯ的話語、嘴唇的動作，都自然地促使我點頭。

「……謝謝。那我就來『傳達』了。」

在眼中搖曳的陽光色澤變得更加激烈燃燒。連要眨眼都辦不到，我只能屈服於那雙眼睛的說服力。

「……目光『關注』。」

＊

……我在黑暗的地方。

沒有上下左右之分。

不會覺得冷也不覺得熱。

就是那樣的地方。

「……妳要消失了呢，ＡＺＡＭＩ。」

在黑暗中響起的聲音。即使我去追，也找不到聲音的來源。

然後有另一道聲音。像是與我依偎那般靠近，兩人的言語互相重疊。

「是啊。最後能跟妳這樣的傢伙說話真是太好了。我沒能為你們做任何事，對不起。真的很對不起……」

「不要哭啦，我自己也在忍耐啊……」

「我、我才沒哭。我只是流鼻水而已。況且……我的『記憶』已經傳達到妳的內心了吧。」

「……嗯，傳達到了喔。我確實收到妳的記憶了。所以妳不會再寂寞了。」

「這樣啊。那我就放心了。今後那個『記憶』也許會有什麼用處。『記憶』雖然不是我，不過是我存活過的……很重要的『回憶』。」

「真的……是那樣呢。ＡＺＡＭＩ的『記憶』……我就像自己的事情那樣清楚。妳真的是在漫長的時間裡努力活過了呢，ＡＺＡＭＩ。」

「……嗚……嗚……」

「啊，對不起。我不是想惹妳哭才說的……」

「不是、不是的。居然……居然會有人對我說那種話，我連作夢都沒想到……」

「ＡＺＡＭＩ妳真的是個愛哭鬼呢。沒關係了喔，我、我……絕對不會忘記的……」

「……怎麼，妳不也哭了嘛。」

「咦？嘿嘿嘿。我們一樣呢。」

「是啊，一樣。」

「……」

「……時間要到了。最後……這個給妳。」

「……嗚……」

「是我的『心』……稱為『關注』的力量。能傳達『思念』和『記憶』的力量……如果是妳的話肯定……」

「……嗯……我會好好珍惜的。我一定會傳達給那孩子……所以妳就好好休息吧，AZAMI。」

「……」

「……」

「……」

「……嗚……嗚、嗚嗚……」

*

「……歡迎回來。有確實傳達給你了嗎？」

「……嗯，傳達到了。」

染成一片赤紅的教室色彩仍未褪卻，溫柔包容著我被拉回來的意識。

明明沒有「看過」也沒有「聽過」，但在我的腦中卻像是理所當然似的有了AYANO和AZAMI邂逅的記憶。

「……SHINTARO，難不成你在哭嗎？」

「我才沒哭咧。只是流鼻水而已。」

AYANO望著我的臉好一會兒，也許是察覺到了我言語中的含意，她浮現出似乎很害羞的笑容。

……我思考著關於AYANO的事。

圍繞在這傢伙生前的環境，可以說是惡劣到讓人噁心的程度。

失去重要的母親，唯一的精神支柱父親完全變了個樣，兄弟和學長姊還被當成人質。

才不光是什麼怒不可遏可以形容。

然後AYANO經由從屋頂上跳下來自盡，進入了「KAGEROU DAZE」。

雖然這是KANO的推測，但是把他們媽媽的筆記跟「明晰」的計謀連結起來的結果，是考慮到只要得到「十個能力」之一的話就能阻礙「集合『能力』創造出梅杜莎」此一「明晰」的計畫吧。

直到與目隱團相遇，將他們各自講述的過去連繫起來，我才明白AYANO那個行動的真正意義。

沒錯，連同不得了的「怒氣」一起。

所以我以「怒氣」為食糧挺身戰鬥了。

我衝上去海扁一頓愚弄拚命活下去的傢伙們，硬要他們接受沒天理到誇張至極的事，就連未來也要奪走的混帳透頂世界。

然後結果就是大家看到的這副情況。

沒有拯救任何東西，沒有發生任何奇蹟。絞盡腦汁策劃的作戰，也沒能救得了大家。

要說我唯一能做的，就只有當死掉的朋友的聊天對象這點事了，真的是再沒用也不過了。

但是呢——

就算死去、腐朽仍舊有無法逃避的事實。在「KAGEROU DAZE」之外，目隱團的大家還在跟敵人戰鬥。

雖然說死了，但我也並不能獨自一人擅自結束。

然後擁有那種想法的，看樣子並不是只有我一個人。

我跟AYANO互相對視，像在確認彼此的想法那樣開口交談。

「……得盡力到最後一刻呢。」

「嗯，事情還沒完呢。」

AYANO毫無迷惘的言語，讓我對一件事有了信心。

恐怕我跟這傢伙在這場戰鬥中，預測的結局一模一樣吧。

說到底在這場戰鬥中，從一開始就有個前提條件擺在我們面前。

敵人是永生的「能力」本身，唯一能夠支配牠的「梅杜莎」已經不存在於這世上了。

既然敵人是永生的，只要ＭＡＲＩ不成為「梅杜莎」讓牠無力還擊，不管怎樣試圖逃跑爭取時間，我們這些「能力者」遲早都會遭到屠殺。

但是要讓ＭＡＲＩ成為「梅杜莎」，就必須抽取「能力者」們用性命換來的「能力」。

換句話說，這場戰鬥從一開始，就不存在「所有人倖存」這樣的情節。

儘管這件事無可救藥地殘酷，但這就是這場戰鬥的「現實」。

只要沒有所有人倖存，我們就無法抬頭挺胸說出「贏了」。

而目隱團所有人，都是在了解那個前提之上，投身於戰鬥中。

……要是我能更快、更早明白所有一切的話——

事到如今即使後悔，一切也已經太遲了。因為所有的一切已經到了即將結束的時候。

不過只有一個。

恐怕是殘留在我們手上的事物。

雖然往往容易覺得是毫無意義的東西，但卻是不去戰鬥就絕對不會得到的事物。

就如同這場戰鬥中沒有「勝利」那般，某種程度也可說沒有「落敗」。

因為我們提出的目標並不是「獲勝」。

「……有唯獨一個另一邊留下的事物。」

我那樣說著，從夾克的口袋中拿出手機放在桌面上。

AYANO歪了歪頭。

「手機？我想沒辦法跟另一邊聯繫上……」

「一般來想是那樣沒錯。不過那邊有『不普通的傢伙們』在。」

用不管三七二十一還不足形容，用萬分之一也不太可靠的——那樣子的賭注。

然後即使那實現了，也並非能打倒敵人。

只是完全為了抓住「延長戰」的機會，我將最後的希望託付給那傢伙。

「就算想到，一般來說也做不出那種事喔。」

或許是發現了我的企圖，ＡＹＡＮＯ泛起一抹苦笑。

「也許我也變得不『一般』了呢。」

不是為了活下去，也不是為了戰鬥。

居然僅僅是為了「選擇」而賭上了性命，在旁人的眼中看起來想必很異常吧。

於是乎我在心中反芻著，我們在那個基地訂下了的陳腐目標。

「絕對不會放棄未來」這個孩子氣的目標。

Summer Time Record -side No.2 (3)-

我漫無目的地徘徊，究竟走了多久呢？

儘管並沒有恢復平靜，然而當我回過神來，發現所有的「聲音」變得悄然無聲，耳中只有傳來人們在活動的微弱噪音而已。

在這當中，能聽見在遙遠的後方，遠遠傳來歌謠聲。我隨即發覺，那是煙火大會會場的背景音樂。

我似乎來到了離得很遠的地方。我沒有回頭，最終在堤防的步道上坐了下來。

昏暗之中，河川的潺潺水聲激發出孤獨感。鉛灰色混凝土的觸感冰涼令我更加不安。

「ＭＡＲＩ……」

我真是做了蠢事。

難得MARI那麼期待，但別說是煙火，所有的一切都糟蹋掉了。

我認為自己已有了結論。做好為了MARI，忘記一切的覺悟。

只是，無論如何，看到他們並排在布幕上的名字，我就無法保持冷靜。

是抓住的手會痛嗎？MARI是出於什麼想法使用了「隱藏」呢？

……不，那種事老早就明白了。我跟KIDO都是，會讓「能力」發動的，肯定是感到不安的時候。

MARI那時候……在牽著的手上感覺到了不安。

「……！」

我不由自主地流出了眼淚。沒臉見那孩子了。

那一天。「KAGEROU DAZE」吞噬了「敵人」和「同伴」們以後。

當場只剩下我跟MARI而已。

我扛著尚未清醒的ＭＡＲＩ抵達基地的這段記憶很含糊。

我有記憶的地方，是從醒過來的ＭＡＲＩ望著我的臉龐浮現出「笑容」那邊開始。

明明才剛經歷失去同伴的悽慘一戰，那孩子居然笑了，實在無法想像。

那時候我想到ＭＡＲＩ應該是失去了記憶。

無法確定究竟她記得多少事，但至少關於這次戰鬥的記憶，她似乎全都沒了。

發現這件事的我，煩惱著要不要告訴她一切。

告訴她失去了無可替代的朋友。以那些朋友的性命為食糧，我們才能活下去的這件事。

還有從今以後「我們必須要活下去」的這件事。

……我怎麼可能告訴她。

煩惱什麼的只有一瞬間。那一瞬間腦中浮現出她絕望的表情，令我害怕得無法忍受。

捨棄所有一切，唯獨要守護那孩子的笑容。

已忘記的過去什麼的，只要別回想起來就行了。一旦回想起來，那孩子肯定會崩潰。要讓那孩子有那樣的感受，我實在做不到。

於是乎我直到今天為止，都過著掩飾一切的日子。

一起看那孩子喜歡的動畫。
一起為了綜藝節目的靈異特輯膽顫心驚。
知道附近有好吃的餐廳，也會奢侈一把。
因為那孩子不愛吃紅蘿蔔，就分成一半一起吃。
我不想帶給什麼都不知道、天真無邪的那孩子，任何一丁點悲傷，我只看著那孩子、只考慮著那孩子的事過日子。

河面上反射出街道上的燈光，有如星空那般閃耀。
一想到那一盞一盞都有著人們的生活、人們的人生，就覺得那是非常現實的骯髒東西。

每個人都是掩飾著自我，任由心中的黑暗滋長。
明明嘴上說著「喜歡」，心底卻在說「討厭」。
明明嘴上說著「謝謝」，心底卻在說「去死」。
對於懂事之前就一直聽見「聲音」的我來說，那是再普通不過、也是異常的事。
每一個人都是充滿矛盾地活著，乍看之下相當美麗的這個世界，一旦掀開那一層薄膜，就像地獄一樣混濁。

……沒錯。
第一次遇見那孩子的那一天，我也跟今天一樣，正在逃離世上的「聲音」。

那一天，在街上擦身而過的人的「聲音」，偶然間跟KANO的「聲音」很相似，這就是事情的開端。
那道「聲音」用酷似KANO的音調說著相當骯髒的話，因此令我忽然陷入了不安。
我的家人都是好人。無論是KANO、KIDO或姊姊，對我好到讓我深感歉意。
正因如此，我最害怕的就是家人內心的黑暗，害怕得不得了。

「要是KANO討厭我？」、「要是姊姊覺得我是個麻煩的傢伙？」——

才那麼一想，就宛如解除限制一般，原本對於「能力」的控制失效了。

那瞬間，有如土石流一般破口大罵的「聲音」吞噬了我。

即使我受不了逃回家裡也絲毫沒有平息下來，我連家人擔心的話語都予以忽視，胡亂從家裡飛奔而出。

我想那大概是我這一輩子裡，跑了最長距離的一天。

我跑了又跑、跑了又跑、跑了又跑……接著不知不覺便聽不到任何人的「聲音」。

當我發現到自己遠離城市，來到了遠離人煙的深山中之際，附近已經徹底暗下來了。

既然不知道回家的路，也就找不到能依靠的對象。僅僅是一片寂靜的黑暗……比起什麼都要讓人舒服。

我就是在那時候，第一次聽見那孩子的「聲音」。

宛如把附近這一整片的黑暗，用光的顏料染上色彩般的衝擊感。

表裡如一，連一丁點混濁都感覺不到。單純地愛著世界，為了總有一天將造訪的幸福而心緒澎湃的那名少女甚至可說是美麗的「聲音」，不禁奪走了我的心。

就這樣，我宛如拖著疼痛的腳向前奔跑，抵達的那間房子裡住的不是別人，就是MARI。

MARI一頭柔順的白髮飄動，淺粉色的眼眸猶如寶石那樣透徹，映照出我的身影。

在那一瞬間，雖然自己還是個孩子，但我領悟到——

「我是為了保護這孩子而出生在這世上」。

從那天起，我的腦中便充滿著她的事。

跟她的幻想相反，這個廣闊的世界是殘忍的。是混濁不堪的內心與混亂恨意的巢穴。要是讓純潔無暇的她出去外界，她純白的心肯定會被染黑。

我一心思考要為了她而變強。

為了保護她，我認真地考慮要成為她不斷盼望著的故事中的王子。

會讓我想在充斥著混濁不堪的「聲音」的這個世界「活下去」的理由，對我來說就只有那而已。

即使是聽見了寄宿在爸爸身上的「明晰」的「聲音」那時也好，知道了家人跟自己都會被殺害的那時也好，我滿腦子浮現的都是ＭＡＲＩ的事。

不能留下她一個人。絕對不想讓她覺得難過。越是那樣想，就越覺得我輕視家人和朋友的內心，實在黑暗、醜陋又汙穢。

就算在決戰的前一晚，聽見ＫＡＮＯ的叫喊之際，我也壓抑著快要嘔吐的內心，死命地掩飾。

ＫＡＮＯ……那傢伙真的是個好人。他所背負的事物，無論是什麼我都想一起承擔。

比任何人都要溫柔，比任何人都要了解我的心，然而卻很笨拙……我們真的是一模一樣的兄弟。

就連那樣子的他，我也將他和ＭＡＲＩ放在天秤的兩邊。

明明都那樣了，結果我還是什麼都辦不到。

沒辦法戰鬥，也沒辦法捨棄，只是一味地繼續逃避，然後到了這裡。

那孩子的笑容就是一切。唯有那是我的「幸福」。沒錯，我明明應該那樣決定好了⋯⋯

說著「不對」的自己的「聲音」，始終迴繞在耳畔。

冷不防地，腦中冒出一句話。

我就這樣用不堪入目的慘狀蹲在地上，忍不住訴苦。

「對不起，ＥＮＥ。我什麼都辦不到⋯⋯」

決戰當天，ＡＺＡＭＩ正要呼喚為了吞噬「明晰」的「KAGEROU DAZE」那時，我跟ＫＡＮＯ他們同樣做好了拋棄性命的覺悟。

儘管留下ＭＡＲＩ一個人死去讓我覺得過意不去，但是我只能相信，ＥＮＥ他們一定會幫助ＭＡＲＩ。

然而當「KAGEROU DAZE」出現之後，我確實聽見ＥＮＥ發出的強烈音色傳達到了我的耳邊。

『就由我去，沒關係。能保護那孩子的，只有你而已對吧。』

不知為何我一瞬間就察覺到，那是對我所說的話。

她代替我獻出性命，我是在一切都結束之後，看見滾到我腳邊裂開的手機時才明白。

回想起的我，從口袋中緩緩拿出手機。

在設成待機畫面的ＭＡＲＩ照片上，只有浮出表示時間的數字而已。當然上頭沒有顯示任何人打來的通訊紀錄。

要是我擁有戰鬥的勇氣，能夠改變些什麼嗎？

會至少能夠改變那種目不忍睹的悲劇劇情嗎？

……不，不可能辦到。就連對ＭＡＲＩ都會放手的那麼軟弱的我，肯定不管做什麼，還是會一事無成吧。

我竭盡全力握緊輕薄手機，咬牙切齒。

什麼保護ＭＡＲＩ啊。
受到幫助、保護，只能逃跑的我，思考了多麼狂妄的事情啊。
同伴也好、家人也好，每個人都已經不在了。再也聽不見每個人的「聲音」了。
我想見ＭＡＲＩ。我想見同伴。就算被討厭、被瞧不起也無所謂。
我就只是想要再一次跟大家一起說話……！

『……你在哭嗎？』

有聲音。

『沒事吧？……你一個人很寂寞嗎？』

我的確聽見了ＭＡＲＩ的聲音。

我連忙站了起來，但即使拚命地環顧四周還是不見ＭＡＲＩ的蹤影。

是「隱藏」的效果……？不，不是的。剛剛的聲音是更加……像是從觸手可及的附近傳來的。

那麼究竟是為何？現在發生了什麼事……？

『Ｓ、ＳＥＴＯ！在這邊喔，這邊。』

剎那之間，我懷疑自己的耳朵。

確實是從我手握的手機中播放出了ＭＡＲＩ的聲音。我嚇了一跳，視線落在手機的液晶螢幕上。

「咦？」

那裡有著跟從前的ＥＮＥ同樣的，在螢幕裡輕飄飄浮著的ＭＡＲＩ身影。我整個人看呆了，怔怔地嘴巴大張。

『啊，你終於注意到了！對不起喔，嚇到你了嗎？』

「嚇、嚇死人了……」

腦袋跟不上眼前發生的事情，無法抑制簡直要爆裂開來的心臟怦怦直跳。

眼前的這個現象，毫無疑問是ENE擁有的「能力」所帶來的產物。

MARI現在加上原本持有的「合體」，有四個「能力」。雖然沒道理能用，但繼「隱藏」之後，居然連這種力量都用得了……

「MARI。為什麼妳突然能用這種……話說妳的身體呢？妳該不會放在某個地方就過來了……！」

『哇、哇，你冷靜一點，SETO！沒問題，我的身體……確實還在。』

螢幕裡MARI的表情蒙上了些許陰霾。

「在哪裡？我馬上過去，告訴我地……點……」

胸口苦悶所滲出的痛楚，阻擋了我的話語。

馬上過去？我怎麼有臉說這種話？

欺騙MARI，打算忘記同伴的傢伙，接下來「見到」MARI還能說些什麼？

還要讓充滿虛偽的日常生活持續下去，真心以為這都是為了MARI嗎？

……我早就已經察覺到了。我當不了什麼王子。

無法停止對ＭＡＲＩ的心意，也無法忘記同伴的事，是個半途而廢的「怪物」。

就算被認為是事到如今也無妨，要是說出來的話，那孩子說不定會哭。

即使如此我也不想再繼續用謊言玷汙這孩子了。

「……ＭＡＲＩ，我有話想告訴妳。希望妳聽我說。」

我就這麼無法看ＭＡＲＩ的臉龐說道。

她應該會覺得我沒頭沒腦地在說些什麼吧。為了一一說明清楚，要花上多久呢？即使傳達出去了，究竟她能不能接受呢？

ＭＡＲＩ她肯定什麼都不知道。

她是純粹、無邪，我必須保護的人。

……沒錯。

直到ＭＡＲＩ開口回應以前，完全不了解這孩子的我，傻傻地那樣深信著。

『……我也有想說的話。』

ＭＡＲＩ用我不認識的聲音說著。

『走吧，ＳＥＴＯ。大家都在等你。』

＊

我一階又一階爬上石造樓梯。

石燈籠裡沒有燃燒火焰，由於左右的雜木林變窄的視野，正在染上夜晚的色彩。

手上拿著的手機，沒再傳來ＭＡＲＩ的聲音。

於是乎我也沒辦法再詢問ＭＡＲＩ什麼。

只有腳踩到散落在石梯上小石子的聲響，在一片寂靜中反覆響起。

已聽不見遠處煙火會場的喧囂。別說是夏季昆蟲的叫聲，就連生物的氣息都感覺不到。

這裡有著圍繞在從前ＭＡＲＩ所住的那間房子的靜謐。

是讓人迴避了吧？還是說有其他的意義呢？但只要想到這是ＭＡＲＩ使用了「隱藏」的安排，就總覺得能夠理解。

在彷彿萬物死絕的寂靜當中，唯有ＭＡＲＩ的話語在腦海中浮現又消失。

ＭＡＲＩ說了「有想說的話」，而且還說「大家都在等」。

那孩子知道什麼我所不知道的事嗎？還有為什麼要告訴我那些事呢？

還真過分。我竟連一點頭緒都沒有，在內心深處，總覺得自己也許明白那孩子的一切。

說真的，這副狼狽樣竟然想當保護那孩子的「王子」，不自量力也要有個限度。

今天肯定一切都會結束吧。然而與我那樣的確切預感相反，唯有結果我怎樣都想像不出。

然後我終於爬上去了。

廣闊的神社境內，如同聲音所顯示的，十分寂靜。

在通往本堂（註：寺院中安放所祭拜之神像的建築物）的石板路上，我發現了純白的背影，倒抽一口氣。

「……為什麼？」

一眼我就發現了，回頭的MARI她的容貌，跟那一天相同，完全變了個樣。

從那天之後消失的臉頰上的鱗片，宛如鮮血一般晃動著的紅色雙眼。MARI似乎對我的言語起了反應，如蛇那般細長的瞳孔微微瞇細。

「謝謝你來了。無論如何還是這裡比較好。」

縱然說話的口吻是MARI，卻不見她平時那種懦弱的樣子。

在我正要詢問「究竟是怎麼一回事？」以前，MARI就發出彷彿已經看透了的話語。

「『竊取』沒問題吧？對不起，我嚇了一跳，抑制不住『隱藏』……」

她所說的每一個字，都讓我難掩驚訝。

至今曾經有過從ＭＡＲＩ的口中講出「能力」的名字這種事嗎？

當我不知所措之際，似乎察覺到了的ＭＡＲＩ不等我開口便說著「從我開始說吧」，開啟了話題。

「……我有必須道歉的事。我一直覺得必須說，卻說不出口。」

ＭＡＲＩ似乎相當抱歉地垂下了眼。

對於她這番我未曾預料的突如其來告白，我也只能點頭而已。

「那一天……打從那場戰鬥結束之後，我就一直在說謊。」

ＭＡＲＩ說出的「戰鬥」這個詞彙，讓我心頭一緊。

那是我從那天起到今天為止，都努力絕對不打算說出口的詞彙。

「不、不會吧……？而且在那場戰鬥中，ＭＡＲＩ妳的記憶……」

「我一直都記得喔。我什麼都沒忘記。因為那時候我笑了……所以讓你誤會了呢。」

ＭＡＲＩ的表情，帶上更加深沉的悲壯色彩。

她的言語、表情，都讓我的思考亂七八糟、一團混亂。

ＭＡＲＩ她什麼都沒忘記？怎麼可能，不可能會有那種事。

那一天結束戰鬥回到基地時，ＭＡＲＩ確實笑了。我看見那一幕，領悟到ＭＡＲＩ她什麼都不記得了。

說來，假設她記得的話，為什麼會笑？同伴去世之後應該只會哭哭啼啼，ＭＡＲＩ不可能會笑……

……「笑了」？

浮現出的一個念頭，使得深信不疑的膚淺預測，從頭開始崩潰。

不對。我以為ＭＡＲＩ是想笑才笑了。那一笑的含意，莫非是……

「……為了不讓我感到不安嗎？」

ＭＡＲＩ聽見我的話輕輕點頭，無力地笑了笑。

「嗯……因為ＳＥＴＯ，你露出了好像很悲傷的表情嘛。要是連我都哭了，就會變得更加悲傷了對吧？」

沒有聲響，神社境內吹過溫熱的風。

面對擺在眼前的事實，我的身體就像斷了線那般鬆懈下來。

無力支撐的雙腳彎曲，雙膝也順勢撞到地面上。儘管膝蓋感覺到悶痛，但我的腦袋混亂到連那都無法準確地感受。

我一直都受到這孩子的幫助。

為了讓我面露笑容，那一天MARI泛起了笑容。為了不讓我悲傷，MARI一直裝成失去了記憶。

MARI知道同伴的死會崩潰什麼的，根本沒那種事。她接受了同伴的死，而且還一直保護著我。

我有好好看過這孩子的臉龐嗎？我有好好聽過這孩子的話語嗎？

說要「幫忙」買東西、做家事，是為了支持我「虛偽的生活」而拚盡全力不是嗎？

對於沒有開口回應，只是一味發呆的我，ＭＡＲＩ繼續說下去：

「可是我想那樣不行。因為你想努力忘記大家，也全都是因為我的關係……所以我思考過了。跟那孩子一起。」

ＭＡＲＩ的手指忽地指向空中，那方向正好貫穿過我的頭頂，向背後延伸出去。

我就這麼跪在地上回頭一望，就在我爬上石梯之後，那裡出現了一名團員的身影。

水藍色的襯衫加上背心、短褲的打扮，跟決戰的那一天一模一樣。

「ＨＩＢＩＹＡ……」

我微弱地呼喚他的名字，ＨＩＢＩＹＡ似乎很尷尬地搔搔自己的臉頰。

「我並不是想要騙你。只是因為那個人說希望我保持沉默而已。」

「ＨＩＢＩＹＡ，謝謝你來了。我已經……告訴他了，所以沒問題了。」

然後我聽著他們兩人的對話，腦袋拚命地想跟上狀況。

為什麼ＭＡＲＩ跟ＨＩＢＩＹＡ能互相聯絡？那肯定是用了「覺醒」。

ＭＡＲＩ她記得那場戰鬥的一切。他們拚命戰鬥、保護了我們、試圖達成作戰的事，她一直都記得。

這孩子並不害怕玷汙純白。
這孩子遠比我所想的還要堅強得多。
大家提出的那個目標，ＭＡＲＩ她沒有忘記。
「絕對不會放棄未來」——

肯定打從那一天以後，ＭＡＲＩ就一直拚命地在用「能力」跟ＨＩＢＩＹＡ持續討論「作戰」吧。
在失去了同伴的孤獨，以及被託付了未來的沉重壓力之中，還拚了命地不讓我看見那種樣子。
而且ＨＩＢＩＹＡ也協助了有同樣想法的ＭＡＲＩ。他的雙眼想必也還在持續凝視著未來。正因如此，才會像這樣出現在這裡。

……啊，不行了。我已經連一句話都說不出口了。

為了ＭＡＲＩ放棄一切，獨自一人什麼都不做的，不就只有我一個人嗎？

明明ＭＡＲＩ都拚命地在跟絕望戰鬥了……！

在神社境內中央沒出息地蹲在地上的我，發出無法抑制的咽泣聲。

已經超越了面子，我只是一味地覺得沒能報答他們的自己實在是難堪到不行。

誰來制裁我吧。來殺了膽小的我吧。拜託，拜託快來人……

「……不要緊，你不用害怕。」

黑暗之中響起「聲音」。

「別責怪自己，ＳＥＴＯ。」

不行的，ＭＡＲＩ。別這樣。

「大家都不會討厭ＳＥＴＯ你。因為我知道你戰鬥過了嘛。」

我沒有資格被妳擁抱。我絕不能得到寬恕。

「謝謝你一直保護著我。謝謝你那麼珍惜我。」

從那天起就不曾有任何改變，幫我毀壞了我的世界的「聲音」。沒錯，我是為了這道「聲音」獻上了人生。然而……我卻……

「多虧有你，我才會深深喜歡上這個世界。」

我睜開雙眼，看見這世界上最美麗的眼淚。

是光芒、是花朵還是希望呢？這些詞彙絕對不足以描述那種尊貴吧。

我一直都想保護她。

想一起度過不會結束的夏天。

倘若神明沒有準備夏天過後的未來，我想跟她一起創造。

我從那時候開始，就一直無可救藥地愛上了這孩子。

「我說ＳＥＴＯ，從這邊的話，能看得到漂亮的煙火嗎？」

無法實現的願望，融入夏日的夜晚之中。

在看不見聲音、光線的這個地方。

只有溫暖確實存在。

Summer Time Record -side No.9-

我稍微移開視線的期間很多事情就聊完了，SHINTARO他們也有點過分啊。嗯。為什麼那種事說了幾十遍呢？

認真聽進去的，我想大概就是兩遍左右吧。貴音她非常討厭別人跟她講同一件事。話雖如此，貴音還真是性格大變了呢～雖然我也喜歡以前那種高傲的感覺，但精神飽滿的「ENE」，我也非常喜歡。

我一面思考著這些事一面脫力地過著毫無意義的日常生活……

「……不，我說你啊。那些全部都講出來了。」

「咦，是那樣嗎？哎呀～待在這裡連說話的感覺都麻痺了呢。」

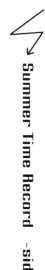

「感覺是故意的……」

這裡是貴音的「KAGEROU DAZE」。

在荒廢的街道當中，我們隨便坐在瓦礫堆上，持續著毫無意義的對話。

坐在我旁邊的貴音，一襲藍色運動外套搭上黑裙的裝扮，一如往常地不高興。

「但是為什麼在我面前就那麼不高興？在大家面前的話，怎麼說，明明就是『主人～』那種感覺……」

「呀啊～！真是的，吵死了、吵死了！唉～……跟你說話真的讓人覺得很累呀。」

「雖然妳說累了，但在這邊的世界不太會變成那樣耶。」

「就！是！那！種！地方！我都說累了！」

就像這種感覺，我莫名地很享受這邊的世界。

果然儘管這裡是虛假的世界，但光是能再見到貴音，我就相當心滿意足了。

「話說回來，你聽說了嗎？」

「嗯，什麼事？」

「電話……打過來了。時間差不多了。」

「啊～這樣呀。那我們也是時候該走了呢。」

陷入片刻的沉默。

我感到疑惑望向貴音，只見總是一臉不悅的貴音表情依舊，略帶寂寞地說道：

「不覺得這個世界就像是個有ＢＵＧ的遊戲嗎？怎麼樣都行，我不怎麼喜歡。」

……啊，原來如此。

明白她話中含意，我露出笑容開口道：

「貴音妳是個不服輸的人對吧？」

我這樣壞心地一說，貴音就雙手抱胸像在說著「嗯哼」那樣挺起胸膛。

「那是當然的吧！我不可能一路輸下去。我要戰鬥到獲勝為止。你又有什麼打算？」

面對貴音大膽無畏的笑容，我也忍不住露出一張壞人臉。

我還真容易受到影響呢～

不過也就只有對她了。

「那是當然的吧？下次絕對……」

Summer Time Record -side No.2 (4)-

「……那我打嘍。」

HIBIYA張開雙腿，用有點不雅觀的姿勢朝著KISARAGI的手機開始輸送念力。

「他說不那樣做的話，就沒辦法集中精神。」

加入MARI的註釋，我暫且在一旁靜靜守護，接著HIBIYA突然大叫一聲「哥哥！」把手機遞給了我。

「呼……呼……接通了……」

這一連串的動作乍看之下會讓人覺得很奇怪，但他所做的事一點都不容易。

在這陣子的時間裡，HIBIYA的「凝聚」看來甚至變得能干涉「手機電波」了。

這樣一來，在一般電波無法傳達到的地方……就有辦法跟在「KAGEROU DAZE」裡的人的手機直接通話了。

「那個人想的事還真是驚人。偶然成功了倒還好，但也沒做什麼說明……我可是莫名其妙地大喊了『哥哥』一個星期左右耶。」

為了對手機生疏的HIBIYA，他們似乎是企圖使用聲音辨識叫出通訊錄來，不過看來在ENE負責傳達的這個階段，被她大幅省略掉了。

「要、要是說太多，會被聽到的。因為現在在跟他本人通話……」

在先前的戰鬥中，大多數的團員都失去性命，被「KAGEROU DAZE」給吞噬了。可以跟原本應該不可能再說上話的他們像這樣通訊，老實說我至今仍沒有真實感。

「你有話要說吧？關於今後的事。我已經說完了……就是剛剛說的那樣。」

「……我明白了。」

然後我終於從HIBIYA手中接過了手機。螢幕上連同通訊對象的名字，顯示著對話經過了多少時間。

他想必預測到了事情會變成這樣吧。

留下的我們……以他們的生命為食糧倖存下來的我們，應該會為「選擇未來」這件事煩惱。

我緩緩望向MARI。

MARI發現到，點了點頭。

「……沒問題。我也跟SETO你一樣。想跟大家一起前往明天。」

MARI的視線強烈又直率。

我再也沒有迷惘了。

為了傳達我的想法，我把手機放在耳邊。

我曾經試圖忘記同伴。對於賭上性命戰鬥的同伴來說，沒有比這更加冒瀆他們的事了。

無論他們對我說什麼、怎樣責備我、發牢騷也是無可厚非。

然而MARI不僅了解一切，還被委以告訴我一切的職責。

我已經決定好答案了。只是他……他們會原諒我嗎……

「……喂，聽得見嗎？」

我戰戰兢兢地開了口。

他似乎已經用這種方法跟MARI說過一次話了。既然如此，畢竟是他。我打算忘記同伴這種事，早就已經被看穿了吧。

『……是SETO嗎？』

SHINTARO平靜的聲音，讓我更感到緊張。我忽視狂跳的心臟，直截了當地說。

「是的……SHINTARO，我得向你道歉。在戰鬥過後……我曾經企圖忘記大家。」

聲音消失了。

不到一秒的無聲期間，卻讓我覺得異常漫長。

『……唉。反正你也是為了MARI著想對吧？那就沒辦法啦。』

「……咦，什麼？不，是、是那樣沒錯，不會吧。」

SHINTARO跟在這裡的時候一模一樣。看似冷淡、無情，卻比任何人更洞悉人心深處。

但我不能繼續依賴那樣的溫柔。

我所做的事不是那麼輕易就能原諒的事。畢竟我……

『然後，說到該怎麼辦……這裡所有人是說就交給你們啦。』

……所有人？

『欸，我說你們……喂！等一下、等一下，別推我！都說照順序來了吧……啊！還給我，妳這傢伙！』

人數眾多吵吵鬧鬧互相爭搶的噪音，透過聽筒傳來。接著……

『喂、喂喂？是幸助嗎？我、我是姊姊，認得我嗎？嗚、嗚，對不起啦……姊姊擅自跑到這邊來了……』

「……姊姊？等等，這、這太突然了……呃……咦？」

『啊，等一下！換、換下一個人了！總之下次見了，幸助！』

「呃，就為了講這句搶了手機？等一下，姊姊！」

在聽筒的另一頭，罵聲和怪聲再次亂成一團。不過每個聲音都是很耳熟的聲音。

於是乎又換了一道聲音的來源。

『啊～是SETO呀。是我，KIDO……抱歉啊，不能待在那邊。』

那是在人生中一起相處很久的低沉聲音。那種十分沉著的口氣，去了那邊依然沒變。

即使死了還為這邊擔心，很像她的作風，我忍不住語氣一沉。

「K、KIDO，對不起，我把大家給……」

『……等等，不，姊姊！就別提我剛剛的說話方式了……咦？要用「人家」自稱？就說了，我已經習慣用「我」了……啊，不是不是，我不是在說那邊的姊姊……』

『啊～！等等，就說接下來換我！主人你剛剛稍微講過了對吧！滾啦！滾啦！』

『幸助～！你認得我嗎？我們一起吃過布丁……啊，對了，之後還得跟修哉聊聊對吧！雖然本人很害羞，但晚點會把他帶過來……』

『啊哈哈，SETO有聽見嗎～？接下來也要換MARI接喔～好久不見了，我想跟她說話～』

『你們吵死人了！解散！解散！』

……這什麼狀況？

該怎麼說，就是類似所謂「新年期間打電話給鄉下親戚家」的那種感覺吧。

雖然必須談正事，但我完全找不到空檔……

『……呼、呼，ＳＥＴＯ你聽得見嗎？我是ＳＨＩＮＴＡＲＯ。』

「啊！太好了，我還想說再這樣下去的話，該怎麼辦才好……」

最後接聽的ＳＨＩＮＴＡＲＯ的聲音中，滲出非常疲勞的感覺。

看來他在那邊的世界也是操勞不斷啊。

『那些傢伙真是的，真的完全聽不進別人說話，有夠令人傷腦筋。哎呀，ＳＥＴＯ抱歉，給你添麻煩了。』

ＳＨＩＮＴＡＲＯ說完以後，重重嘆了口氣。

但是我不知為何不由自主覺得那是ＳＨＩＮＴＡＲＯ的體貼。

ＳＨＩＮＴＡＲＯ是善解人意的人。

他是發現我在煩惱、舉棋不定，於是就讓我聽聽另一頭的大家的聲音吧。

『反正……這邊就像你聽到的這種感覺。沒有任何人怨恨你，也沒有後悔。所以也說說你的意見吧。』

ＳＨＩＮＴＡＲＯ語畢，最後一次開口確認。

『你想怎麼面對「未來」？』

「……ＳＥＴＯ……」

只見ＭＡＲＩ握著我的手，用緋紅的雙眸望向我。

我溫柔地回握她的手，張開嘴說：

「我決定好了。我們對『未來』……」

Summer Time Record -side No.10-

……都說了不用還是遞給我了。

事到如今沒什麼要說的話，當然也沒有想聽那傢伙聲音的意願，真的是糟透了。種種的一切都糟透了。有種都不知道該從哪裡說起有多糟糕的感覺，總而言之就是「糟、糕、透、頂！」……這種感覺。

不過那些傢伙到底是怎樣啊。都一把年紀了還搞什麼「目隱團」，腦子沒問題嗎？而且還叫我也要加入，我都說了「不要」還硬要邀我，尤其是那個藍頭髮很吵的傢伙。

那傢伙是怎樣啊。啊～氣死我了。

但是這麼生氣也不會覺得累什麼的，這邊的世界也是有優點的呢。

這麼說來，那傢伙在這裡的時候更糟呢。

每天那傢伙都要展示出各種不同的死法給我看，而且還重複了幾十次、幾百次、幾千次，啊～光是想起來就覺得討厭。

是說那傢伙也真是的。難得我都救了他，結果好像還在外面的世界說了什麼「我會去救妳」，那傢伙真的是要遲鈍到什麼地步啊。

啊～真讓人火大、真火大。

對於人生藍圖我想過大概一萬種，但沒想到會以這種感覺結束，真是出乎我意料。起碼要確定就讀大都會的漂亮學校，在那裡逮到一百個左右的帥哥，盡情享樂之後，跟某個國家的超帥氣王子結婚，過上一直玩樂到死的生活那樣子的人生。

居然連那樣都無法實現，真的是出乎我意料。竟然失去如此可愛的我，對那邊的世界真的是不得了的損失。

話雖如此，既然已經死掉那就沒辦法了。

沒有的東西就是沒有。我不會連「沒有」的東西都想強求。

算了，還算挺開心的吧，人生也是。

雖然未來什麼的其實怎樣都無所謂，但一想到用不著看到奇怪的東西，就覺得倒也不賴。

「……話說你是要吸鼻子吸到什麼時候啊。我難得都說要跟你講話了。」

隔著電話傳來令人火大的聲音。

從剛剛開始一直吸著鼻子講著「對不起」、「沒能救妳」、「我不中用」……真的有夠煩人的。

……不過算了，今天就原諒他吧。

真的是個長得不好看、個子矮又沒用到不行的人渣，但是他努力過了，讓人覺得挺高興的。

啊！這傢伙要吸著鼻子講到什麼時候啦！

啊～我要掛了。這種電話果然不該接的。

啊，對了。說起來還有件事沒說呢。

雖然是對方打來的電話，也無所謂，就順道告訴他吧。反正我應該已經沒話對這傢伙說了。

說完以後就掛吧。啊～真讓人火大。

「……我最喜歡你了。下次一定要來救我！」

Summer Time Record -side No.7-

經常會有用「回想起來，發現已經走了很遠」這種話來比喻人生，試圖沉浸在感慨中的傢伙，但我敢肯定，沒有人走得像我這麼遠吧。不管怎麼說這可是「異世界」啊。

但如果是異世界的話，真希望起碼能有劍、魔法、精靈、女僕、波霸和波霸一應俱全。沒錯，這個世界的浪漫不夠。就是能讓我的靈魂火熱沸騰的那種浪漫……

「你剛剛在想什麼？」

「在想同伴的事。他們都是些好人呢……這樣。」

我裝模作樣假裝冷漠，但似乎有什麼被看透了，AYANO很疑惑似的緊皺眉頭，吐出一聲「哦～」。

我跟AYANO在「KAGEROU DAZE」創造出的散步道上，一個勁兒地走著。

「KAGEROU DAZE」會映照出每個人內心的情景，這是遙學長所說的，不過我的內心反映出的風景實在是很沒意思。

畢竟，完全就是高中時代的通學路線而已。

就算試著回想在回家途中有什麼歡樂的事，我也找不出那種回憶，話說回來一想到我畢生的名場景No.1也許就是這一幕，便領會到自己的人生實在是缺乏多采多姿。

但是不知為何AYANO似乎相當中意這個情景，一直竊笑個不停。我真的是到死都不了解女人心。不，訂正一下，是「就算死了」也不了解。

「……決定好要倒帶了呢。」

AYANO踢著路旁的小石頭，滿不在乎地說道。

「是啊。反正我也想過會變成這樣吧。」

我接下AYANO傳過來的小石頭，在走路時順勢將它踢飛。

……我們沒有獲勝。

雖說任何人都無法體會到，但阻止了這世界不講道理地開倒車，就某種意義上說不定是「拯救了世界」的那種事蹟。

話雖如此，就算我們說得再大聲，也不會有半個人相信吧。無法證明的事物，從他人的眼中看來就只是「虛構」罷了。

假使有許多人相信那些，我們被當成「英雄」看待……那也是徒勞無功。

畢竟我們最終選擇的，是跟「明晰」所策劃的東西完全一樣，所謂的「將世界倒帶」那樣的行為。

反正是放著不管就會擅自倒帶的世界，既然誰都不會知道那就做做看吧——還真是「最糟」的主意。

簡直就像按下遊戲的重啟鍵一樣，在這之後世界會在無人知曉的狀態下「歸零」。代表著「明晰」的計謀會完全開花結果。

「我們的戰鬥……有意義嗎？」

AYANO小聲嘀咕著。

我姑且看了看她的表情，還是一副不出所料，應該說不覺得她講話時似乎很煩惱的樣子。

「我想過了——」

我一面踢著新的小石頭一面回話。

「從知道了世界即將終結以後，我們就『絕望』了呢。」

「是啊……要是什麼都不知道，就會什麼都沒察覺到就這麼倒帶。」

「……對於不知道世界即將終結的人來說，他們會覺得這場戰鬥沒有意義也不一定。只是對於知道世界即將結束的我們來說……戰鬥是否真的有意義呢？」

踢出去的小石頭向上彈起，然後滾進排水溝裡。

「……這個話題，說過多少次了呢？」

AYANO好似在說「真是愚蠢」那樣笑著。

「說過幾百次吧。莫名其妙地不會膩呢。」

我也受她影響笑了出來。

我們朝著尚未沉沒的夕陽前進。是不管走上幾天、不管走上幾年，都肯定到不了任何地方的路。

「『明晰』不想消失吧。」

我忽然開口說道：

「那傢伙也確實擁有『自我』。話雖如此但牠是『能力』呢。一旦實現了『願望』就會消失了吧。」

「大概吧。所以牠讓世界開倒車，打算延長『願望』的壽命。只要不實現願望，牠就能因此活下去。」

「嗯。所以說大概……像這次一樣的戰鬥，我們已經打過了上百上千次，最後世界就會倒帶吧。否則會發生不合道理的事情呢。」

ＡＹＡＮＯ停下腳步。

「那些……是從『明晰』那裡聽來的？」

她不安的語氣，令我壞心眼地嘴角上揚。

「嗯，或許那也不錯。那傢伙正占據身體的對象……是我的朋友。」

「我反對用『因為是最後……』的理由做危險的事。」

ＡＹＡＮＯ鼓起雙頰。因為實在很可憐，我便說了聲「開玩笑的」，再次向前邁進。

ＡＹＡＮＯ受我影響踏出腳步，她一邊配合我的腳步一邊開口說：

「真是稀奇，你居然會乾脆地說出『朋友』這個詞。」

「啊？啊～也許的確是這樣呢。」

「那、那所以說……我是……『朋友』嗎？」

明明夕陽尚未沉沒，夏季的終結卻近在眼前。

直到下次的夏季到來為止，我能記住這種心情嗎？

肯定不會留下記憶。但不知為何，我有著「不可能忘記」那樣近似夢想的信心。

我不會忘記這場戰鬥。

不會忘記遇見的人們。

即使我死了，也不會忘記我曾發誓過不會忘記。

ＡＹＡＮＯ催促著我回應。

我懶懶地應了聲「天知道」，繼續向前走。

MARI的架空世界

我遇見了一個不可思議的故事。

在故事中我是個公主。一直孤獨一人，過著寂寞的生活。

然後某一天，終於來了一位小小的王子，對我說「妳用不著害怕喔」，帶我到外面去。

外面的世界有各式各樣的人，在不知不覺間，我跟許多同伴一起踏上了旅途。

同伴們總是在吵嘴，雙眼變得紅紅的，但是大家也總是在歡笑。我也看著那些盡情歡笑。

身為公主的我儘管沒有穿上美麗的禮服，但是在一直憧憬的世界中旅行，過得非常、非常幸福。

然而途中出現了壞蛇，雖然挺身戰鬥，卻輸掉了。那令人感到非常不甘心。

所以我跟王子許下了約定。

許下「雖然世界終結了，但下次也絕對要一起去旅行」的約定。

在世界終結的最後一天，作為約定的證明，我們兩人一起看了巨大的花朵。

在夜空中綻放出光芒的魔法之花，前所未見的巨大，有著令人無法忘懷的美麗。

下一個世界，會是怎樣美好的世界呢？

下一個故事，會是怎樣不可思議的故事呢？

但不管在怎樣的世界中，我一定會很幸福。

倘若在那裡，還能遇見你的話。

我一定會——

眼睛疲憊不堪的故事

好久不見了，我是じん。

直到出版為止又相隔了一年以上的空檔。

每一次都讓大家看到這麼不成體統的樣子……真的很……對不起！（精神飽滿地道歉）

於是乎《陽炎眩亂8 -summer time reload-》有讓各位樂在其中嗎？

不知道會不會有「先從後記開始看吧」那樣的壯士，因此我不打算提及這集的內容，頂多是一點點。

儘管我似乎每一集的後記中都會宣稱「這次寫得很辛苦，還出現了血便」那樣的話，然而這次的執筆也果不其然，超級無敵辛苦的。

這次別說是什麼血便了，還出現了更血紅的東西（？）。

首先呢，登場人物很多。好驚人。好驚人的多（退化成嬰兒）。

想著「既然要成團，沒有十個人沒辦法吧」興致勃勃開始動筆的本作，但到了第二集左右就變成「啊，好多喔」那樣的心情。

然後由於在這一集，那些傢伙以怒濤之姿登場了，所以就變成「嗯啊～～～～～！」了（詞窮）。

因此這一集要將「主角」鎖定在一個人身上非常困難，但我個人覺得ＳＥＴＯ他很努力了呢。

ＳＥＴＯ「能聽到他人心聲」的這種能力，對於一直描寫孩子們之間錯過彼此與內心想法的《KAGEROU DAZE》來說，是宛如鬼牌的能力。

也是由於那種特性，因此是我以往不怎麼打算去深入挖掘內心的角色，可是沒想到他會思考那種事情……好驚人（退化成嬰兒）。

不可思議的是，我明明是作者，卻仍然不怎麼清楚他們的事情呢。

如果有人對我說「那是你的角色吧」，確實是那樣沒錯，但總覺得沒有「創造」出他們的感覺。

只是一味地跟他們對話寫了下來，應該說感覺是傾盡全力去了解他們。

然後他們一件一件告訴我自己在想些什麼，與此同時我所寫下來的，我認為那就是《KAGEROU DAZE》這部作品吧。雖然很奇怪啦。

好了，那樣的《KAGEROU DAZE》這集就是最後一集了。漫長的夏天的故事，也迎來了一個完結。

我想很多人知道，我原本有在網路上投稿了一系列「KAGEROU DAZE PROJECT」的音樂作品。

會開始寫《KAGEROU DAZE》這本小說，也是聽了音樂的出版社人士問我說「要不要出書」而成為了契機。

「自己描繪的故事居然能出成書！」儘管當時的我喜出望外，但隨之而來的寫作活動，總而言之就是一連串的苦惱。

寫得不好，沒有準確傳達出來。

我受到許多批評指教，也曾有過為了自己的無力感到挫折，感到「說不定沒辦法再繼續下去」那種走投無路的時期。

即使如此這部作品能繼續寫到這裡，都是因為有各位讀者對我說「我喜歡KAGEROU DAZE」的關係。

這樣子寫可能會讓人覺得膚淺，但我得到了許多的勇氣。

就算被看不起、就算遭到鄙視也無妨，會想讓這個故事繼續下去，真的是託了大家的福。

不管怎樣都感謝不完，我把感謝不完的部分匯集成了這部作品。

再一次真的、真的非常感謝大家。

……喔，剩下的空間已經不多了呢。

那麼最後就說一件事。

在這部作品裡笨拙的「主角」們，是笨拙的你的「朋友」。

請各位在某個地方，再跟他們一起玩吧。大家一定會很高興。

總有一天再相逢吧。衷心感謝各位的閱讀。

じん（自然の敵Ｐ）

……類似這樣在假正經之餘，我已經在思考下一本小說的事了喲（退化成嬰兒）。

啊，當然並不是《KAGEROU DAZE》喔。是「新目隱團」的故事。

跟新朋友的相遇，真的總是充滿新鮮感，令人心跳不已呢。

很快就會介紹給大家了喔。

比方說，在下一個夏天的時候。

※ 謝謝
哇…

封面草稿

內文插圖①草稿

內文插圖②草稿

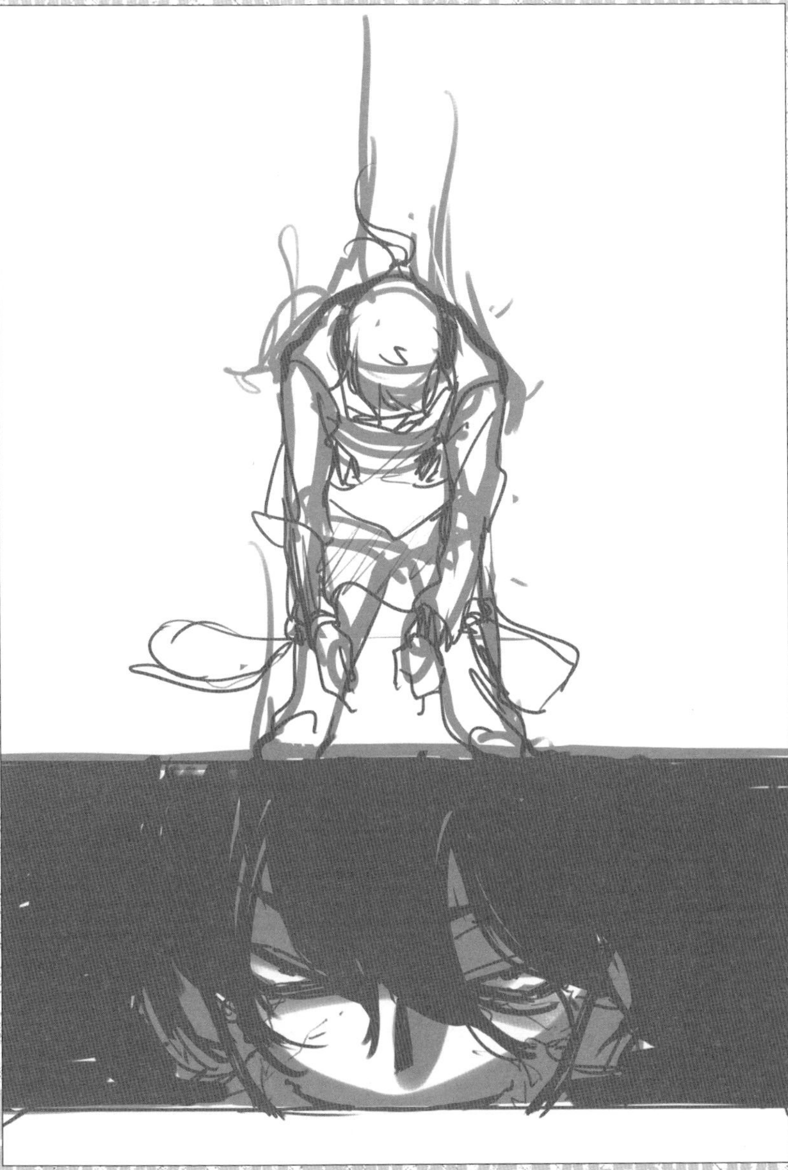

內文插圖③草稿

內文插圖④草稿

內文插圖⑤草稿

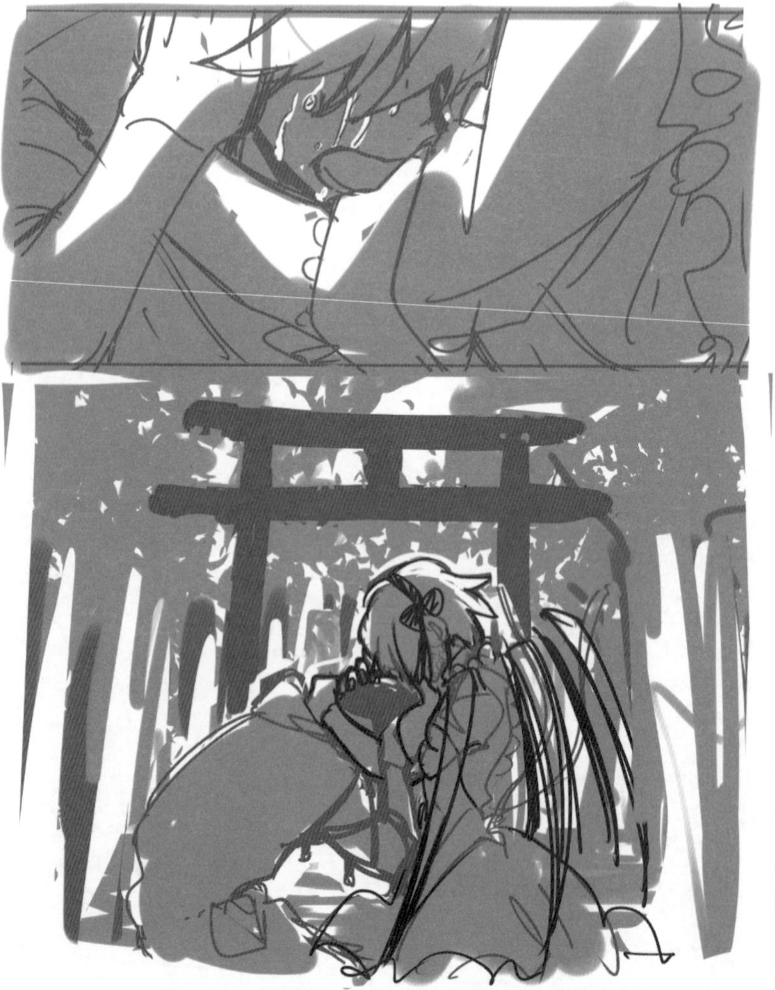

內文插圖⑥草稿

内文插圖⑦草稿

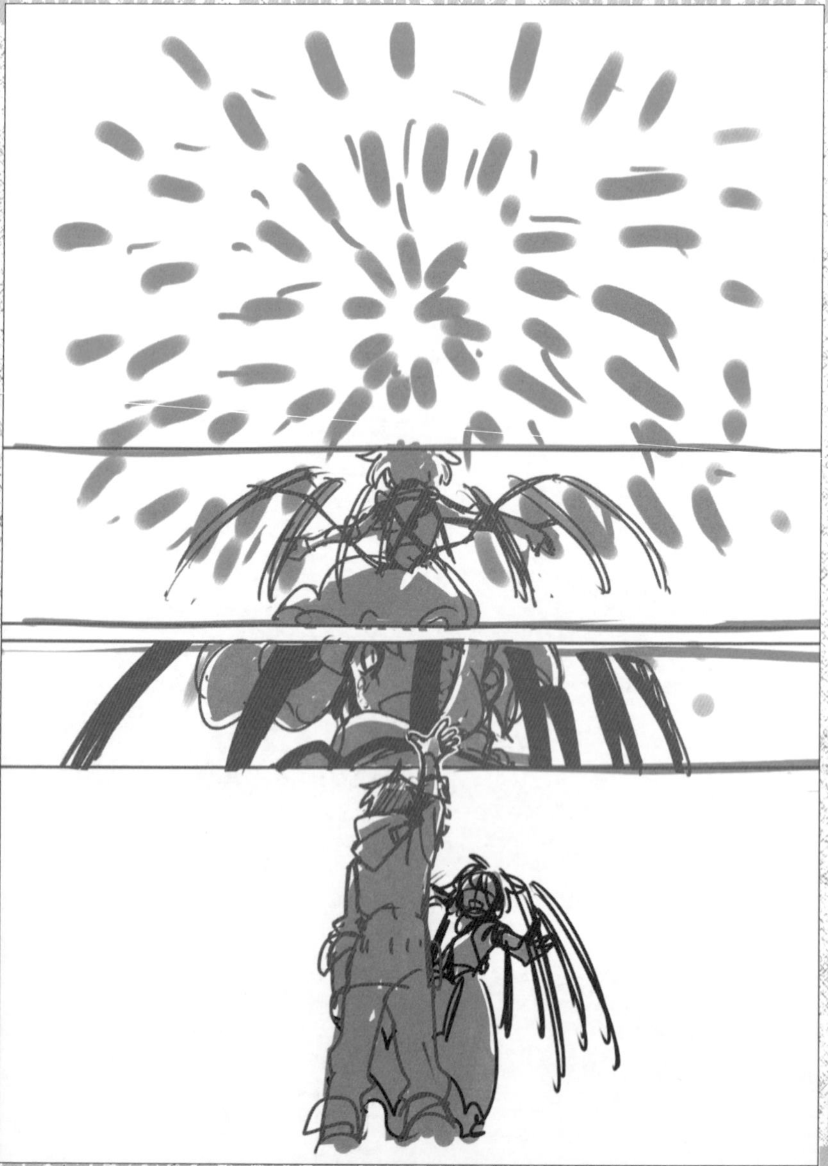

內文插圖⑧草稿

國家圖書館出版品預行編目資料

KAGEROU DAZE陽炎眩亂. 8, summer time reload / じん(自然の敵P)作；楊雅琪譯. -- 初版. -- 臺北市：臺灣角川, 2018.12

面；　公分

譯自：カゲロウデイズ. 8, summer time reload

ISBN 978-957-564-620-2(平裝)

861.57　　　107018004

Kadokawa
Fantastic
Novels

KAGEROU DAZE陽炎眩亂 8（完）

- summer time reload -

（原著名：カゲロウデイズ　VIII -summer time reload-）

2018年12月19日　初版第1刷發行

作者：じん（自然の敵P）
插畫：しづ
譯者：楊雅琪

發行人：岩崎剛人
總經理：楊淑媄
資深總監：許嘉鴻
總編輯：蔡佩芬
編輯：黃怡珮
美術設計：宋芳茹
印務：李明修（主任）、黎宇凡、潘尚琪

發行所：台灣角川股份有限公司
地址：105台北市光復北路11巷44號5樓
電話：（02）2747-2433
傳真：（02）2747-2558
網址：http://www.kadokawa.com.tw
劃撥帳戶：台灣角川股份有限公司
劃撥帳號：19487412
法律顧問：有澤法律事務所
製版：尚騰印刷事業有限公司
ISBN：978-957-564-620-2
香港代理：香港角川有限公司
地址：香港新界葵涌興芳路223號
新都會廣場第2座17樓 1701-02A室
電話：（852）3653-2888